JN430509

THE OMNIPOTENT
BRACELET

전능의 팔찌 2부 24

김현석 현대 판타지 장편소설

초판 1쇄 찍은 날 § 2025년 9월 26일
초판 1쇄 펴낸 날 § 2025년 10월 3일

지은이 § 김현석
펴낸이 § 서경석

총괄팀장 § 황창선
편집책임 § 박현성
디자인 § 스튜디오 이너스

펴낸곳 § 도서출판 청어람
등록번호 § 제387-1999-000006호
등록일자 § 1999. 5. 31
어람번호 § 제1-3245호

본사 § 경기도 부천시 부일로 483번길 40 서경B/D 3F (우) 14640
편집부 § 서울특별시 구로구 디지털로 272 한신IT타워 404호 (우) 08389
전화 § 02-6956-0531   팩스 § 02-6956-0532
http://www.chungeoram.com
E-mail § chungeorambook@daum.net

ISBN 979-11-04-92540-5 04810
ISBN 979-11-04-92499-6 (세트)

전능의 팔찌

2부

THE OMNIPOTENT
BRACELET

김현석 현대 판타지 소설

24

도서출판
청어람

전능의 팔찌 2부

THE OMNIPOTENT
BRACELET

목차

24권

Chapter 01

—

대서특필

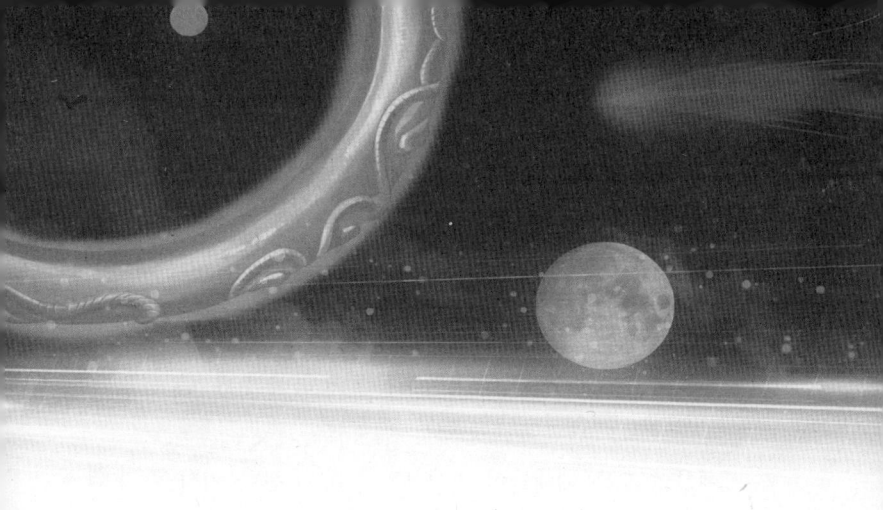

독재의 국가 북한! 새로운 국가로 변신 선언.

하인스 킴이 통치하는 이실리프 왕국 건국 예정!

세계 최고의 부자에게 헌납된 북한! 어찌 될까?

세기의 천재, 곧 국왕의 자리에 오른다.

세금, 도박, 마약, 흡연, 종교, 선거 등이 없는 국가!

하인스 킴! 폭군이 될까? 성군이 될까?

세계 각국, 외교사절 파견 준비.

영토마다 왕비가 필요한 열두 가지 이유.

르 몽드는 건국 선포와 국왕 등극을 진심으로 축하합니다.

타스 통신은 전하의 만수무강을 기원합니다.

Die Zeit는 이실리프 왕국의 번영을 기원합니다.

BBC는 이실리프 왕국의 건국을 감축드립니다.

아르센, 콰트로, 마인트는 어떤 의미일까?

이실리프는 어디에서 유래했으며, 무슨 뜻일까?

Y—뉴스는 대표님의 국왕 즉위를 감축하나이다.

세상의 모든 매체들이 이실리프 왕국에 관한 기사를 그야 말로 미친 듯이 쏟아내고 있다.

알파고와의 바둑 대결 이외엔 큰 이슈가 없던 참이다. 이 대결 때문에 모든 정쟁(政爭) 및 분쟁이 멈춘 결과이다.

여기에 대형 불쏘시개가 던져졌으니 신문과 방송 등 모든 언론이 달려들어 뉴스를 생산하고 있다.

잔뜩 굶주린 악어 떼 앞에 도강(渡江)하는 누(Gnu)[1] 무리가 나타난 셈이다.

어찌 가만히 있겠는가!

게다가 1만 4,117명이나 지켜보는 가운데 그야말로 끝내주 는 공연을 했다.

다이안 이외에 플로렌과 윌리엄 그로모프라는 대형 신인이 등장했지만 아웃 오브 안중이다.

실제로 안 본다는 것은 아니다.

다이안과 플로렌, 그리고 윌리엄에 대한 기사도 많기는 하

---

1) 누(Gnu) : 아프리카 영양의 다른 이름

다. 다만 하인스 킴의 그것에 비해 현저하게 적을 뿐이다.

비율로 따지면 약 1,000 : 1이다. 지구촌을 강타한 충격적인 뉴스라는 방증이다.

현수는 첼로, 오보에, 바이올린, 하모니카, 트럼펫, 호른, 트럼본, 해금, 리코더, 기타를 완벽하게 다뤘다.

관객과 함께했던 마지막 두 곡은 보는 이로 하여금 가슴 벅차 울컥하게 하는 뭔가가 있었다.

그리고 공연이 끝난 후 각종 질병으로부터 해방되었다는 관객들이 속속 등장하고 있다.

각자의 페이스북이나 인스타그램, 블로그, 홈페이지, SNS 등에 스스로 올린 글들이다.

하인스 킴이 너무 마음에 들어 신격화하려는 의도는 충분히 이해하나 너무 나갔다는 요지의 댓글이 있다.

이에 격렬하다 싶을 정도로 화난 반론이 이어졌다.

본인의 말을 믿지 않으니 발작적으로 반응한 것이다. 그러다 회의적인 댓글을 달았던 유저들을 영구 추방했다.

운영자들의 공통적인 의견은 삐뚤어진 심성을 가진 것들에게 더 이상 시간과 정신, 그리고 관심과 에너지 낭비를 하지 않기 위한 밴(ban)이라는 것이다.

충분히 이해되는 일이다.

본인의 홈페이지 등에 글을 남겼는데 그에 대해 거짓말하지 말라는 욕설 담긴 글을 줄기차게 남긴다.

공인도 아닌데 이런 것까지 납득해줄 하등의 이유가 없다. 그러니 접근차단은 정당한 일이다.

그런데 도로시가 어찌 가만히 있겠는가!

싸가지 없는 것들은 그에 합당한 불편함으로 처벌하면 그만이다. 하여 부정적인 의견을 달았는데 이게 진심이라고 판단된 자의 모든 디지털 행위를 작살냈다.

한국으로 치면 네이버와 다음 계정을 삭제하고, 카카오톡과 기타 모든 웹 사이트 계정의 ID를 삭제시켰다.

웹 서핑과 이메일, 그리고 쇼핑도 할 수 없도록 만든 것이다. 다음은 공동인증서 등 각종 인증서의 무효화이다.

모든 금융기관의 ID 또한 삭제에 포함되었다.

아울러 휴대폰을 해제시켰고, 저장된 전화번호는 물론이고, 텍스트 파일과 사진 등 데이터도 전부 지웠다.

디지털 행위가 몹시 불편하도록 조치한 것이다. 이쯤 되면 이전과 같은 사회생활이 불가능하다.

소지하고 있는 신용카드는 물론이고, T머니 카드까지 데이터를 상실했다. 아울러 휴대폰으로 걸려오는 전화나 문자가 없다. 몽땅 차단시킨 것이다.

외출하려면 현금을 들고 나가야 하는데 10원, 100원짜리까지 일일이 다 챙겨야 한다.

게다가 모든 것을 원상회복시키려면 꾸준히 본인인증을 해야 하는데 주민등록번호와 운전면허번호가 사라졌다.

여권도 말소되어 사용 불가능이다.

이 얼마나 불편하겠는가!

혹자는 너무 과한 처벌 아니냐는 의견을 낼 수도 있지만 사실 그럴만한 가치조차 없다.

남의 사사로운 의견에 근거 없이 비난하고 태클 거는 것들은 결코 정상적이지 않다. 다시 말해 심사가 꼬일 대로 꼬여 완전히 뒤틀어진 것들이다.

그나마 죄질은 약하다. 누군가를 분노하게 했을 뿐 직접적인 위해를 가했거나 폭력을 휘두른 것은 아니다.

하여 이 정도로 끝낸 것이다. 더 했다면 데스봇이나 변형 캔서봇이 투여되었을 것이다.

아무튼 도로시가 직접 나섰지만 이는 현수에 의해 처벌 받은 것이다. 따라서 사망 즉시 영혼 말살 예정이다.

괜한 헛소리가 불러일으킨 불행한 미래이다.

아무튼 현수의 기자회견 내용 중 세계인들의 갑론을박(甲論乙駁) 주제가 된 것이 있다.

왕국에서는 멍청한 사람이 신념을 가지지 못하도록 자유를 보장하되 수준 이상의 방종은 강력히 제어할 것입니다.

에둘러 말했지만 '표현의 자유'와 '개인의 인권'을 어느 정도까지만 허용한다는 뜻이다.

예를 들어, 사우디아라비아와 이란, 이라크의 모든 유전에 크루드 오일 하드너가 투입된다.

그 즉시 원유가 몽땅 돌처럼 딱딱하게 굳어져서 더 이상 퍼 올릴 수 없게 되면 어떤 일이 빚어질까?

당연히 오일 쇼크가 전 세계를 덮칠 것이다.

유가(油價)가 끝없이 상승하면 당연히 다른 유전을 찾으려 시도한다. 에너지 대량 소비국인 한국은 분명히 이에 동참하 게 될 것이다.

그런데 주유소 옆에서 원유 시추 반대 시위를 펼친다. 석유 를 쓰면 매연으로 환경오염이 되니 쓰지 말자는 내용이다.

너무 멍청해서 무엇이 중요하고, 무엇이 덜 중요한지를 가늠 하지 못하고 그냥 이상한 신념대로 떠드는 것들이다.

석유를 완벽히 대체할 물질이 있는 것도 아닌데 무조건 반 대만 하면 어쩌자는 것인가! 게다가 원전도 반대한다.

이처럼 아무런 대책도 없이 어느 한 면에만 매몰되어 헛소 리나 지껄이는 인간들은 대체 어찌 대해야 할까?

아무튼 표현의 자유와 개인의 인권을 하인스 킴의 왕국에 서 어떻게 제어할지에 대한 갑론을박이 한창이다.

아직 일어나지도 않은 일이건만 입에 거품을 물고 제 주장 이 옳다고 떠드는 것들이 여럿 있다.

이번 기회에 유명세라도 얻고 싶은 모양이다.

한국에도 이런 인간들이 있다. 마치 세상의 모든 것을 깨우치기라도 한 듯 수시로 입바른 소리를 지껄인다.

뭐든 눈에 뜨이면 태클을 걸지 않으면 죽을병이라도 걸린다는 듯 온갖 분야를 향해 잡설을 지껄인다.

제 딴엔 그럴듯한 논리로 무장했다고 주장하겠지만, '개가 공자를 보고 짖는 것' 이상도 이하도 아니다.

한마디로 '개소리나 지껄이는 놈'이다.

그의 아가리에서 나오는 말은 전부 궤변이다. 본시 똥 처먹는 개인데 인간이라 착각하고 있는 것이 분명하다.

이렇듯 늘 사회 분란을 야기시키는 것들은 제아무리 똑똑해도 일찌감치 격리시키는 것이 합당한 조치이다.

하여 조만간 징벌도로 끌려갈 예정이다.

그리곤 아나콘다와 악어 구역의 중앙에 떨군다.

악어가 덥석 물면, 나머지 반은 아나콘다의 아가리로 찢겨 들어가게 될 것이다.

아무튼 이번 공연은 티켓부터 소장 가치가 있게 만들어졌다. 관람료가 비쌌으니 그에 화답하는 의미이다.

그래서 일반적인 사각형 종이쪼가리가 아니다.

티켓은 두께 1㎜인 스테인리스 철판으로 제작되었다.

크기는 일반적인 명함 2장을 이어붙인 정도인데 중앙의 선을 따라 접으면 지갑에 들어갈 정도가 된다.

이렇게 하면 귀퉁이에 뚫린 두 개의 구멍이 일치해서 줄을 끼워 목걸이처럼 걸고 다닐 수 있다.

티켓 전면엔 전체 좌석 배치도가 음각(陰刻)되어 있고, 본인 좌석엔 작은 보라색 보석 같은 것이 박혀있다.

그 위쪽엔 다음과 같은 글귀가 멋진 캘리그라피로 돋을새김 되어 있다. 참고로, 돋을새김이란 조각에서 평편한 면에 글자나 그림 따위를 도드라지게 새기는 것이다.

2017년 1월 26일 오후 5시
제1회 다이안 & 하인스 킴 합동공연

그냥 튀어나오기만 하면 바탕과 같은 색깔이라 제대로 안 보일 수 있다. 하여 돋아나온 글자 머리 부분만 보라색 에나멜로 코팅되어 있다.

예로부터 보라색은 황실 또는 고위 귀족을 상징했다.

오랫동안 고귀한 색으로 인식되어 온 것이다. 그래서 우아함, 화려함과 높은 품위를 상징하는 색으로 분류된다.

아래엔 컨벤션센터의 주소와 전화번호, 그리고 아일랜드 데프 잼 레코딩스의 연락처가 상감(象嵌)되어 있다.

상감이란, 기물의 표면에 금, 은, 보석, 자개 등 기물과 다른 재료를 넣어 모양을 나타내는 문양 기법이다.

한반도에서는 12세기 초부터 나타났다. 그러다 중엽이 되자 세련된 상감기법으로 만들어진 청자가 크게 늘었다.

세계적인 문화유산인 고려청자가 그것이다.

아무튼 주소와 전화번호 등을 나타내는 글씨는 진한 초록색 에나멜로 채워져 보기에 좋다.

한국의 전통공에 칠보(七寶)를 참조한 것이다.

초록색은 줄곧 안전과 허용을 뜻하는 색깔로 인식되어 왔다. 그래서 자동차의 주행 신호가 녹색인 것이다.

미국에서 '영주권'을 'Green card'라 하는 것도 이 같은 관념 때문일 것이다.

참고로, 영주권이란 영구적으로 주거, 체류, 일을 할 수 있는 권리이다. 미국은 상 · 하원의원, 그리고 대통령 투표를 제외한 시민권자들이 누릴 수 있는 권리와 혜택을 준다.

초록색의 또 다른 의미는 성장, 활력, 생산성 등이다.

아울러 무의적으로 갈망하는 마음의 평화가 있는 깨끗한 자연을 의미하기도 한다.

티켓의 후면엔 여러 악기가 배경으로 음각되어 있다. 바이올린, 첼로, 트럼펫, 해금, 하모니카 등이다.

테두리와 특정 부분이 황금으로 상감되어 있어서 한눈에 보기에도 매우 품격 있어 보인다.

한편, 보라색 보석이 박힌 곳은 그 위치가 절묘하다.

빛을 받으면 바탕에 음각된 악기로 빛이 스며드는 느낌이 들게 한다. 매우 신비스럽게 느껴질 것이다.

하이라이트는 눈에 보이지는 않지만 모든 티켓에 새겨진 바디 리프레시 마법진이다.

이를 활성화시키기 위해 박아 넣은 것이 바로 보라색 보석처럼 보이는 하급 마나석이다.

하루에 한 번, 이곳 시간으로 오후 7시쯤에 그 효과가 발휘되도록 세팅했는데, 그 수명은 대략 1년이다.

티켓 두께가 얇아 마나석 크기가 작아서 그러하다.

아무튼 이 티켓을 몸에 지니면 매일 저녁마다 쌓인 피로가 스르르 해소된다. 이러면 면역력이 증진되니 몸이 약한 사람들에겐 큰 도움이 될 것이다.

비싼 돈을 내고 관람한 관객들에게 주는 작은 선물이다. 사실 그러기엔 너무 과한 선물이다.

돈으로 환산하면 1년짜리 바다 리프레시 마법진이라도 그 가치는 10억 원으로도 부족하기 때문이다.

아무튼 공연을 관람한 사람들은 본인이 앓고 있던 무좀이나 변비, 피부염같이 사소한 질병이 나았음을 주장한다.

뭐 때문에 그렇게 되었는지는 설명할 수 없다.

한 가지 확실한 것은 직접 공연을 관람했거나, 공연장 출입구와 아주 가까이 있었던 사람들에게만 일어난 불가사의한 일이라는 것이다.

공연하는 동안 물의 최상급 정령이 전신을 훑었고, 현수가 운율로 치유마법을 펼친 바 있다.

제이미가 앓고 있던 백혈병조차 완치될 정도니 다른 질병들 또한 말끔하게 나았거나, 나아지게 될 것이다.

아무튼 공연 티켓을 가진 사람들은 최소 1년은 모든 질병으로부터 자유롭게 되었다. 피로와 스트레스가 만병의 근원인데 매일 한 번씩 벌모세수 해주는 셈이기 때문이다.

여러모로 뉴스의 중심이 될 일인 것만은 분명하다.

2017년 1월 현재, 한국의 포털 사이트 중에서 각종 뉴스를 노출하는 것은 'Your—Y' 뿐이다.

Y—인베스트먼트가 100% 출자한 새로운 포털 사이트이다.

Y—뉴스나 Y—채널 같은 매체의 뉴스도 노출해주면서 동시에 자사 기자들이 취재한 기사들도 보여준다.

포털 사이트 겸 인터넷 신문사인 것이다.

특징은 한쪽에 치우치지 않은 균형 잡힌 보도를 하고 있다는 것과 어떤 사건이 일어나면 그 원인을 파악하고, 진행 상황과 해결책까지 제시한다는 것이다.

어떤 게 올바른 언론인지를 확실하게 보여주고 있다.

'충격', '경악', '대박' 같이 순전히 독자들의 눈을 끌기 위한 어휘는 전혀 사용하지 않는다.

기존 정치권이 여전했다면 대단히 싫어했을 것이다. 본인들 밥그릇을 자꾸 건드리기 때문이다.

요즘의 Your—Y는 전국 각지에서 벌어진 각종 이권(利權)개입 사건을 낱낱이 파헤쳐 보도하고 있다.

예를 들어, 권력을 이용한 부당행위, 무마, 특혜, 청탁, 담합,

강요, 불법행위 등이 고스란히 보도되고 있는 것이다.

아들의 음주운전 사고를 무마하려던 국회의원 후보가 개망신당한 것은 비밀이 아니다. 국민들에게 심히 밉보였으니 다음 총선은 출마하자마자 또 낙선될 예정이다.

이런데 기성세력들이 어찌 좋아하겠는가!

기존의 포털 사이트들은 주주들에 의해 뉴스 노출이 금지된 상태이다. 그 결과 예전의 성세를 완전히 잃었다.

당연히 광고도 형편없이 떨어졌다.

뉴스를 가장한 광고성 콘텐츠가 많았고, 정치 성향이 한쪽으로 편중되어 있었으며, 자극적이고 선정적인 뉴스가 너무 많았다. 아울러 대중에게 나쁜 영향을 끼치는 가짜 뉴스들을 걸러내는 정화 시스템도 결여되어 있었다.

게다가 검색어 순위를 제 입맛대로 조작하곤 했다.

이를 못마땅하게 생각한 현수는 대주주가 되자마자 뉴스와 검색어 순위 노출 금지를 지시했다.

그와 동시에 관련되어 있던 임직원 전부를 해고했다. 아울러 그 부서 자체를 없애도록 했다.

포털 A사이트는 대표이사 이하 그의 딸랑이 전부가 잘려나갔고, B사는 부사장과 그가 총애하던 부하직원들 모두 직업을 잃었다.

C사와 D사 역시 임직원 여럿이 백수로 전락했다.

이들은 본인 또는 상사의 뜻에 따라 부당함을 알면서도 뉴스 노출과 검색어 순위를 조작했다.

현수는 이들 전부를 사회를 좀먹는 암(癌)적인 존재로 지목하였다. 이제 다시는 언론 계통에 취업할 수 없을 것이다.

다른 상장사, 다른 직군도 마찬가지이다. 블랙리스트에 성명 석 자가 확실히 올라간 결과이다.

그간의 행위에 대한 보복으로 사회적으로 매장한 것이다. 저지른 악행에 대한 징벌이므로 억울할 것도 없다.

이로써 사회에 악영향을 끼치던 여러 포털 사이트들에 대한 대대적인 사정(司正)[2] 작업이 마감되었다.

이를 교훈 삼아 만들어진 것이 바로 Your—Y이다.

확실한 대체재를 준비하고 있었던 것이다. 그렇기에 기존 포털 사이트의 쇠락을 아쉬워하는 이는 없다.

Your—Y가 가진 이미지는 신뢰, 공정, 정의, 공평, 개선, 정직, 신속, 정확, 심판 등 온통 긍정적인 것뿐이다.

하여 불만의 목소리보다 환영의 뜻이 훨씬 많다.

이로써 대한민국의 썩어 빠졌던 언론계에 대한 정화 작업 중 마지막 퍼즐이 해결되었다.

한편, 재계 또한 현수에 의해 완전히 지배당하고 있다.

대한민국은 자본주의 국가이다. 경제가 나라의 근간이고, 돈이 없으면 아무것도 할 수 없는 나라이다.

현수는 대한민국의 국왕으로 즉위하지만 않았을 뿐 거의

---

2) 사정(司正) : 그릇된 일을 다스려 바로잡음

모든 것을 좌지우지할 정도가 되었다.

직접적으로 출마하여 의원직을 갖거나 정계를 장악하지 않은 이유는 현재의 대통령과 국회의원이 그나마 제정신 박힌 올바른 도덕관을 가진 인물들이라 평가하기 때문이다.

따라서 굳이 간섭하지 않아도 이전과는 사뭇 다른 아주 정의로운 정치를 하게 될 것이라 굳게 믿는다.

대통령과 국회가 '국민이 나라의 주인'이라 생각하고, '국민을 섬기는 행정서비스'를 제공하며, '국가 발전에 보탬'이 되려고 노력하는 한 터치하는 일은 없을 것이다.

하지만 이전과 다를 바 없는 부패 세력으로 변질되면 가차없는 대청소가 시작된다.

어떤 식물의 뿌리가 썩으면 전체에 좋지 못한 영향을 미치기 마련이다. 이를 사전에 예방하는 방법은 썩은 부분을 최대한 빨리 도려내는 것뿐이다.

'고름은 결코 살이 될 수 없기 때문'이다.

이전의 대한민국 정계를 보면 살보다 고름이 훨씬 더 많았다. 그래서 새로운 살이 돋아나도 금방 부패하곤 하였다.

썩어빠진 고름들에 의해 좌지우지되었던 것이다.

물론 현재는 다르다.

현수가 모든 고름을 확실하게 짜버렸다. 영원히 정계를 기웃거릴 수 없도록 아예 영혼까지 완벽하게 말살시켰다.

이제 새로 뽑힌 국회의원이 구태의연(舊態依然)한 모습을 보이면 아무도 몰래 휴머노이드로 바꿔치기 된다.

이렇게 바뀐 국회의원은 스스로 언론 앞에 선다. 그리곤 그간의 모든 행위를 가감 없이 낱낱이 고백한다.

본인의 치부(恥部) 포함이다.

아울러 부정행위와 연루되었던 모든 인물과 상황에 대한 정보도 확실하게 공개한다.

증거자료가 있다면 감추지 않고 싹 다 내놓는다.

다음은 부정하게 모은 모든 금품에 아주 높은 이자율을 더한 금액 또는 부동산을 국고에 귀속시킨다.

전 재산을 처분하여 완전 빈털터리가 되는 수준이다.

이어서 의원직을 자진 사퇴하고, 정계 은퇴를 선언한다. 아울러 어떠한 법적인 처벌도 감수한다.

상당히 긴 기간 동안 감방에 갇혀 있어야 하는 징역형 판결이 나더라도 항소하지 않고 곧장 교도소로 직행한다.

누가 보면 스스로 패가망신하는 것처럼 보일 것이다.

이런 국회의원의 마지막은 교도소 앞에서 기자들에게 하는 말이다.

존경하는 국민 여러분!

저는 나쁜 짓을 저질렀고, 그 죗값을 치르고자 이제 막 교도소 앞에 당도했으며, 곧 수감될 예정입니다.

교도 당국에는 어떠한 특혜 없이 다른 수형자들과 같은 대접을

해달라는 요청을 드리는 바입니다. 저는 특별 대접을 받을 만한 가치가 전혀 없는 인간이기 때문입니다.

지금의 저는 이전의 모든 부정행위를 깊이 후회하고 있습니다. 국민들을 속였고, 나라를 좀 먹었음을 고백합니다.

직위를 이용하여 음란한 짓도 자행하였습니다.

그리고 같은 잘못을 저지른 자들의 명단과 장소, 시간, 대상 등에 관한 것을 경찰서에서 상세히 진술한 바 있습니다.

이권을 노리고 적지 않은 금품도 수수했는데 이 또한 수사기관에 모두 털어놓았습니다. 이밖에 제가 지은 죄는 언론에 모두 보도되었으니 잘 아시리가 믿습니다.

국법에 의한 처벌이 끝나는 날까지 매일 반성하고, 또 반성하겠습니다. 정말 죄송하고, 또 죄송합니다.

그래서 영원히 공직에 나아가는 일이 없도록 하겠습니다.

그리고, 동료의원 여러분!

여러분들은 저와 같은 과오를 저지르지 않기를 진심으로 당부드립니다. 선거에 입후보할 때 다들 '국민을 섬기는 국회의원'이 되겠다는 생각을 하셨을 것입니다.

저 역시 그랬으니까요.

국민들의 안락한 생활을 위해 제가 쌓은 경험과 지식을 잘 활용하여 봉사하겠다는 마음으로 선거에 임했습니다.

그리고 당선이 확정되었을 때 저는 국민에게 봉사하는 참된 국회의원이 되겠다고 다짐했습니다.

그런데 알량한 재물과 권력, 그리고 성욕에 눈이 어두워 불의와 손을 잡았고, 나라를 좀 먹는 짓을 저질렀습니다.

그래서 이런 꼴로 여러분 앞에 서게 되었습니다. 대한민국 국회의 명예에 먹칠을 한 셈입니다.

참으로 송구스럽고, 또 죄송합니다.

동료의원 여러분들은 저를 타산지석으로 삼아 주십시오.

부디 국가 발전을 위해 노력하고, 봉사하는 참된 국회의원이 되어 주시기를 진심으로 바랍니다.

한때나마 동료였는데 좋은 모습 보여주지 못하고 이런 꼴로 언론 앞에 선 점 깊이 사죄드립니다.

국민 여러분께는 다시 한번 죄송하다는 말씀드립니다.

법의 심판에 따른 형기를 치르고 나오더라도 부디 저를 용서하지 마십시오.

곰곰이 생각해보니 국민을 기만한 죄는 결코 용서될 수 없는 일이기 때문입니다. 그래서 죄송하고 또 죄송합니다.

마지막으로 가족들에게 당부합니다.

좋은 본보기를 보이지 못했으니 나는 좋은 가장이 아닙니다. 그리고 향후 가족들의 사회생활에 적지 않은 장애를 끼치게 된 것을 사과합니다.

그러니 형기를 마치고 나오는 날까지 면회와 편지 등을 자제해주길 당부합니다. 반성과 사죄의 의미로 모든 방문 및 면회를 미리 사절합니다.

이 못난 가장은 가족들의 얼굴을 볼 자격도 없습니다.

나는 이렇게 영어(囹圄)의 몸이 되지만 가족들은 건강한 사회인으로 성장하길 바랍니다. 수감되어 있는 동안 사죄의 의미를 곱씹을 것을 맹세합니다.

마지막으로 국민 여러분들께 진심으로 미안하고, 죄송하다는 말씀을 다시 한번 드리며 하직 인사로 큰절 올리겠습니다. 부디 저를 용서하지 마십시오. 죄송합니다.

비리를 저지른 의원은 '쿵' 소리가 날 정도로 땅에 머리를 박는다. 그리고 다시 일어설 때 그의 이마에선 피가 흐른다.

인조가 홍타이지에게 한 삼궤구고두례에는 못 미치지만, 충분히 잘못을 반성한다는 의미로 비치게 될 것이다.

교도소 수감 후 어느 정도 시간이 흐르면 이 의원은 사망하고 그의 시신은 화장된다.

대역인 휴머노이드를 불에 태우는 것이 아니라 에이프릴 증후군으로 지독한 고생을 하다 죽은 진짜 시신이다.

참고로, 앞의 이야기는 아직 일어나지 않은 일이다. 누구든 비리를 저지르면 이렇게 될 수 있다는 뜻이다.

아무튼 앞으로는 부정부패와 연루된 국회의원이 임기를 무사히 마치는 일 따위는 없다.

도로시가 늘 모든 언행과 통화와 문자 내용 등을 철저하게 감시할 것이기 때문이다. 이러는 이유는 다시는 썩어빠진 정치인들이 활개 치지 못하도록 하기 위함이다.

하여 비리를 저지르면 어느 날 갑자기 이름 모를 곳으로 끌려가 지옥에서나 경험할 듯한 고통에 몸부림치다 돼진다.

국회의원뿐만 아니라 대통령도 마찬가지이고, 국무위원들도 모두 포함된다.

협잡, 음모 등으로 불의를 획책하면 유배된다.

무시무시한 아나콘다 또는 거대 악어의 벌어진 아가리를 보는 것이 그의 마지막 기억이 될 것이다.

누군가 실종되면 완벽하게 똑같이 생긴 휴머노이드가 당분간 그 역할 대행을 한다. 따라서 권력 공백 또는 권력 누수 같은 일이 발생될 확률은 거의 없다.

앞으로 공직(公職)을 원하는 자들은 청렴하게 국가와 국민들을 위해 봉사할 생각이 없으면 나서지도 말아야 한다.

공무원의 경우는 책임지지도 못할 높은 직위를 수락하기 전에 충분히 고심해야 한다.

안 그러면 신세 망친다.

Chapter 02
—
국산 브랜드 대박!

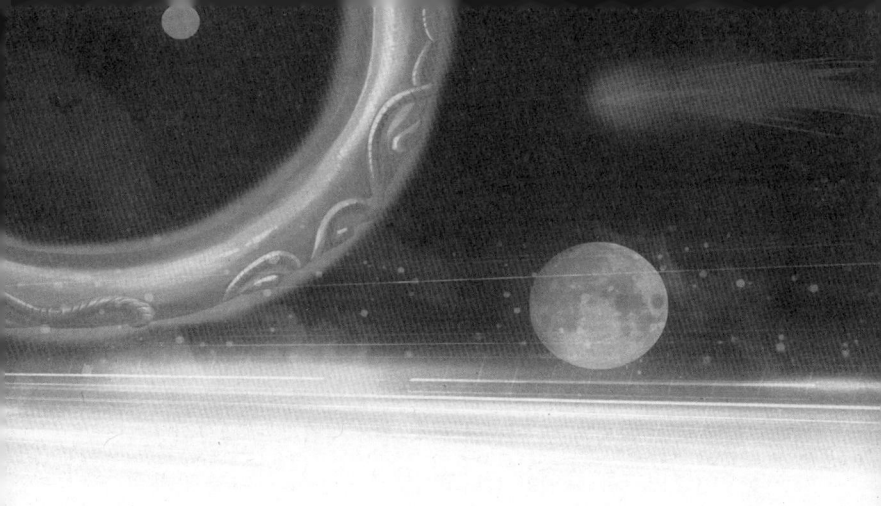

　아무튼 재계는 현수에 의해 완전히 지배당했다.

　무지막지할 만큼 많은 돈의 힘이다. 거의 모든 주식을 싹쓸이했으며, 수많은 공장을 설립한 바 있다.

　거의 모든 상장사 주식의 95% 이상을 소유한다.

　이미 100%를 달성한 곳도 여럿 있다. 이는 기존의 재벌 총수들도 가지지 못했던 어마어마한 지분율이다.

　새로 설립한 80만 개에 달하는 공장은 지분율 100%이다. 현재는 약 20만 개가 추가로 만들어지는 중이다.

　나중을 위해 외국 법인의 국내 지사 형태로 되어 있다. 아무튼 모든 회사의 경영권 및 인사권이 현수에게 있다.

언제든 성에 차지 않는 임직원은 잘라낼 수 있다. 부정을 저지르거나, 나태 및 무능력한 자들이 해고 1순위이다.

반대로 기특할 정도로 우직하고, 진솔한 자들은 거듭 승진하는 기쁨을 누리게 된다.

예전엔 약삭빠르고, 간교하며, 이기적인 자들이 득세했다. 앞으로는 착하고, 도덕적인 사람들이 대접받는 세상이 된다.

어쨌든, 1차 공연이 끝나고 난 뒤 언론사 마이크 앞에선 현수는 김정은의 제의를 수락한다는 기자회견을 했다.

뉴스가 전해지는 동안 대한민국에는 한바탕 광풍이 불었다. 현수가 입었던 상·하의와 시계, 운동화를 구입하려는 네티즌들 때문이다.

그 결과 지오다노, 해리엇, 그리고 프로스펙스의 재고가 완전히 소진되었다.

명품 예찬론을 주장하던 자들은 눈이 왕방울처럼 커졌다.

하인스 킴 정도면 이 세상에서 가장 비싼 것으로 온몸을 둘러도 누가 뭐라 할 사람이 단 하나도 없다.

24K 금으로 짠 천에 다이아몬드를 수없이 박았다 해도 오히려 부러워할 것이다.

기자회견을 하는 현수는 품격 높아 보였고, 세련되었으며, 위엄 넘치는 모습이었다.

눈썰미 좋은 네티즌들은 현수가 걸치고 있는 것들을 자세히 살폈다. 놀랍게도 전부 국산 브랜드이고, 그리 비싸지 않은 것들이었다.

　평범한 것이라도 걸치고 있는 사람에 따라 달라 보일 수 있다는 것을 깨달은 사람도 있기는 하다.

　나머지 대다수는 현수가 걸쳤던 것과 같은 것을 찾았다.

　그 결과가 3사의 모든 재고 소진이다.

　똑같은 것이 없자 꿩 대신 닭으로 비슷한 것이라도 구입한 결과이다.

　2017년 1월 마지막 주 휴일을 맞은 대한민국 길거리엔 비슷한 옷차림의 사내들로 가득하게 된다.

　다들 푸른 계통 세로줄무늬 셔츠에 베이지색 면바지를 입고, 흰색 프로스펙스 운동화를 신는다.

　대유행의 시작이다.

　세계 스포츠 신발 브랜드 순위 Top 10은 다음과 같다.

　1. 나이키 2. 아디다스 3. 리복 4. 푸마 5. 컨버스
　6. 조던 7. 언더 아머 8. 뉴 발란스 9. 반스 10. 아식스

　그런데 한국에서는 다르다.

　현수가 신었던 '프로스펙스'가 당당하게 1위에 랭크된다.

　2위는 '르까프', 3위 '휠라', 4월 월드컵, 5위 페이퍼플레인이다. 국산 브랜드가 Top 5를 차지한 것이다.

　만년 1위였던 나이키는 6위로 주저앉으며 매출이 10분의 1

이하로 줄어드는 충격을 맛보게 된다.

싸구려인 줄 알고 거들떠보지도 않았던 국산 운동화가 사실은 품질이 매우 뛰어나고, 디자인이 괜찮으며, 상대적으로 상당히 저렴하다는 것을 깨닫게 되는 결과이다.

실제로 프로스펙스와 나이키는 품질 차이가 거의 없다.

의류 브랜드들도 크게 다르지 않다.

지오다노는 비록 구석이기는 하지만 백화점 명품 코너의 초대를 받는다.

그런데 손님이 끊이지 않고, 다른 명품 브랜드보다 높은 매출을 발생시키자 결국 메인 코너로 옮겨가게 된다.

국산 시계 해리엇도 마찬가지이다. 졸지에 백화점 명품관에 입성하게 된다.

아무리 그래도 파텍 필립이나 바쉐론 콘스탄틴 같은 명품브랜드에는 확실하게 밀린다. 아마도 이 시계들을 소지하고 있는 계층의 격렬한 반발 때문일 것이다.

사치와 낭비, 그리고 과시를 위한 외화 낭비 집단이다.

하여 언젠가 확실하게 손봐줄 요량으로 도로시의 리스트에 이름이 오르고 있는 중이다.

아무튼 해리엇의 브랜드 가치도 크게 상승한다. 매출 폭증은 당연한 결과이다.

이는 길 가다 금덩이를 주운 것보다 더 큰 행운일 것이다. 현수 덕분에 한국의 세 회사가 살판난 것이다.

한편, 외국에서도 지오다노와 해리엇, 그리고 프로스펙스 광풍이 분다. 세계 최고의 부자가 너무도 멋지게 소화해낸 것이니 큰 관심을 보이는 결과이다.

덕분에 세 회사는 최고급품을 생산하는 회사로 인식된다. 졸지에 명품 대접을 받게 되는 것이다.

당장은 입출국 및 수출입이 불가능하지만 조만간 해외 각국에 지사를 설립해야 할 정도였던 것이다.

아울러 생산을 늘리기 위한 공장을 신설해야 한다. 생산량이 주문량을 못 따라갈 상황이기 때문이다.

나비의 날갯짓이 태풍을 일으킨다는 나비효과(Butterfly effect)가 발생된 것이다.

한편, 다이안과 플로렌이 걸쳤던 무대의상은 일상복이 아닌 드레스이다.

대중의 관심은 적었지만 부유층은 다르다. 어디에서 만든 것인지 확인하려는 작업이 시작되었다.

그러다 극성스런 네티즌들에 의해 다이안과 플로렌의 의상을 제작한 업체가 밝혀진다.

다이안 멤버들은 '라파엘 웨딩'이라는 곳의 옷을 입었다.

웨딩드레스 전문업체의 의상을 고른 것은 이번 공연에 특별한 의미를 부여하기 위함이다.

그렇다 하여 완연한 웨딩드레스인 것은 아니다.

면사포도 없고, 화려한 장식들도 배제되었다. 그러면서도 우아함을 잃지 않도록 최소한은 남겨둔 의상이다.

멤버들은 요즘도 자기들끼리 말할 때 현수를 '오자공'이라 칭한다.

"우리 오자공님 오늘 오실까?"

"오자공님은 얼마나 좋을까? 우린……."

"오자공님 품에 안겨보고 시프다."

"오자공님은 지금 어디에 계실까?

"아! 오자공 님 너무너무 보고 시프다."

오자공은 '오빠, 자기, 공동남편'의 준말이다.

다 똑같이 현수를 연모(戀慕)하는 마음이었기에 의기투합해서 만든 애칭이다.

한때는 정말 평생토록 다 같이 현수를 공동남편으로 모시고 살자는 마음을 품기도 했다.

그런데 곧 국왕이 되고, 왕비는 천지건설 양대미녀 중 하나인 김지윤으로 내정되었다.

지난해 11월 모스크바' 데뷔탕트 때 화려하게 등장하여 세계인의 관심을 한 몸에 받았던 초절정 절세미녀이다.

누가 봐도 눈을 크게 뜰 정도로 확실히 아름답다.

경국지색이란 말이 저도 모르게 나올 정도이니 과연 왕비로 지목될 만한 인물인 것이다.

서연, 연진, 세란, 정민, 예린도 스스로 빼어난 미인인 것을 너무도 잘 알고 있다. 외모로만 따지면 충분히 상위 0.0001%

안에 들 것이다.

서연은 리즈 시절의 정윤희, 예린은 김태희, 정민은 성유리, 세란은 송혜교, 연진은 손예진과 비슷하다.

E—GR을 복용한 후 미모에 물이 오른 결과이다.

오관이 확실하게 단정해졌고, 미세한 불균형까지 완벽하게 교정되었다. 피부도 엄청 좋아졌다. 기미나 주근깨 같은 것은 생기고 싶어도 그럴 수 없는 신체가 되었다.

이렇듯 절세미녀가 되었지만 김지윤과 비교하면 살짝 열등 감이 느껴진다. 자신들보다 더 우아하고, 아름다우며, 품위 있고, 고결해 보이기 때문이다.

계속 현수의 곁에 머물면서 저도 모르게 마나의 영향을 받은 덕분이다.

모스크바 데뷔탕트 때 어느 파파라치가 찍은 사진을 보면 그야말로 잡티 하나 없는 완벽한 여신이다.

미모와 몸매는 자신들도 수준 이상이니 그리 큰 차이가 아닌 것 같다. 그런데 학력이 다르다.

김지윤은 대한민국 최고의 대학을 매우 우수한 성적으로 졸업했다. 게다가 중·고등학교 시절의 학생 기록부가 공개되었는데 6년 내내 압도적인 전교 1등이었다.

이미 지나온 과거를 어찌하겠는가! 승복하지 않을 수 없다. 하여 마음속에 품고 있던 욕심을 내려놓았다.

그렇지만 온전히 포기한 것은 아니다.

어느 나라든 국왕에겐 왕비 이외에 여러 후궁이 있을 수 있다. 이 자리를 노리게 된 것이다.

이번 공연에 앞서 멤버들은 무대의상을 고르기 위해 인터넷사이트를 샅샅이 뒤졌다.

그러다 찾은 것이 '라파엘 웨딩'이라는 곳이다.

디자인이 마음에 들어 이곳에 연락하여 드레스를 골랐고, 치수를 재서 보냈다.

한편, 졸지에 다이안의 무대의상을 맡게 된 라파엘 웨딩에선 한바탕 난리가 벌어졌다.

숍을 찾아주신 일반인 신부들도 매우 중요하지만, 어찌 다이안에 비하겠는가! 비교 불가이다.

오죽하면 이미 웨딩드레스를 주문한 신부들도 고개를 끄덕이며 먼저 만들라고 양보했겠는가!

하여 만사를 제치고 다이안의 의상부터 제작했다.

제법 까다로운 요구사항이 있었지만 대개의 신부들도 늘 그러하다. 문제는 장식이다. 신부들을 돋보이게 하려는 장치가 있다. 망사, 레이스, 비즈, 팬시 스톤 등이 그것이다.

그런데 다이안 멤버들은 이런 것들을 최대한 배제해달라고 요구했다. 그렇게 해보니 미진한 점이 보인다.

누가 봐도 너무 밋밋했던 것이다. 하여 늦은 밤까지 영상통화를 하며 보완할 것을 보완했다.

그중 하나가 허리띠이다. 각기 다른 색의 긴 띠를 둘러 웨딩드레스라는 느낌이 들지 않도록 한 것이다.

그렇게 완성된 의상은 화려하면서도 우아했고, 품위 있어 보였다. 라파엘 웨딩 디자이너들도 만족할 만한 수준이다.

실제로 이 의상을 걸친 멤버들의 미모와 몸매가 큰 역할을 했음은 부인할 수 없는 사실이다.

어찌 되었든 다이안 멤버들의 이번 의상은 '신랑 몰래하는 결혼식 컨셉'이다.

당연히 신랑은 현수이고, 멤버 전원이 신부들이다.

이번 공연을 기점으로 절대로 마음 변하지 않고, 다 같이 오로지 현수 하나만 바라보는 삶을 살겠다는 자신들과의 약속을 하려 웨딩드레스 업체를 골랐던 것이다.

이 의상을 공수하기 위해 신이호가 한국까지 날아갔다 온 것은 아무도 모르는 비밀이다.

한편, 플로렌은 '라라힐 드레스'라는 업체의 것을 걸쳤다.

리더인 은비가 입은 것은 '파티 2078'이라 명명된 드레스이다. 진초록색이고, 어깨가 드러난 롱드레스이다.

주리가 입은 것은 모델명 PTL129, 제나는 클래식419, 보경은 MOD04, 유미의 것은 CLC22이다.

모델명이 다르니 각기 다른 디자인이고, 색상도 다르다. 이 의상들은 바하마에 올 때 가져왔다.

조연 부사장이 언제, 어디에서 데뷔 공연을 하게 될지 모르니 준비하라고 하여 챙겨온 것이다.

'라라힐 드레스'는 현재 밀려드는 주문을 소화해내기 위한 몸부림을 치고 있는 중이다.

10년 치 일감을 3개월 안에 만들어줘야 할 판이다. 그래서 바느질하는 손가락의 가죽골무를 쇠골무로 바꿨다.

돈은 많이 벌겠지만 3개월 후까지 살아 있을지 의문이다.

목숨을 부지하려면 수면부족과 지독한 피로를 이기기 위한 링거투혼이라도 벌어야 할 것이다.

무엇보다 솜씨 뛰어난 인력을 보강하는 것은 필수불가결한 선결과제이다.

플로렌에 비해 유명세가 더한 다이안의 의상을 담당한 라파엘 웨딩은 더 심각한 상황이다.

세계 각국의 유명 셀럽들의 드레스 주문이 폭주하고 있다.

마돈나, 아리아나 그란데, 켄달 제너, 엠마 왓슨, 샤를리즈 테론, 스칼렛 요한슨, 갤 가돗, 줄리아 로버츠, 안젤리나 졸리, 지젤 번천, 미란다 커, 마리아 샤라포바 등이 주문했다.

가수, 배우, 모델, 스포츠 스타 등이 망라되어 있다.

이밖에 세계 각국의 퍼스트레이디들도 본인 치수를 보내고 있다. 누구 하나 소홀히 할 수 없다.

뿐만 아니라 페이스북 대표 마크 저커버그의 아내 프리실라 챈, 구글 대표 선다 피차이의 아내 안잘리 피차이, 마이크로소프트 빌 게이츠의 아내 멀린다 게이츠 등도 주문했다.

한국의 삼성, LG, 포스코, SK, GS 등의 대표 부인들이 주문하더라도 순번이 뒤로 확 밀릴 수밖에 없는 상황이다.

물론 김지윤이 주문한다면 사정이 다르다.

전자는 세계적인 부자의 아내들이다.

그런데 돈은 현수가 훨씬 더 많다. 구글, 페이스북, 마이크로소프트를 다 합쳐도 상대가 안 된다.

게다가 현수는 곧 국왕이다. 지윤은 앞의 셋이 영원히 앉을 수 없는 보좌(寶座)에 앉을 신분이 된다.

그러니 이번엔 프라실리 챈이나 안잘리 피차이, 멀린다 게이츠가 뒤로 밀리게 될 것이다.

다만 영국 여왕 엘리자베스 2세가 주문한다면 어찌 될지 모른다. 김지윤도 유명하지만 여왕은 훨씬 오래전부터 군림한 역사가 있어서 그러하다.

그래도 돈은 여전히 현수가 훨씬 많다.

잉글랜드 왕국과 스코틀랜드 왕국은 1707년 5월 1일에 그레이트브리튼 왕국으로 통합되었다.

한편, 이실리프 왕국은 2017년 3월 1일이 건국일이다.

무려 310년이나 차이가 있다.

이 세월 동안 쌓인 전통을 어찌 극복하겠는가! 하여 엘리자베스 2세 여왕이 주문하면 어찌 될지 모른다고 한 것이다.

그런데 이런 걱정은 기우에 불과하다.

여왕은 올해 91세이다. 그러니 다이안이 걸쳤던 드레스를 원할 확률은 제로에 가깝다.

아무튼 라파엘 웨딩의 디자이너들은 비명을 지르는 중이다. 까다롭기 이를 데 없는 세계 각국 셀러브리티들을 위한 각기 다른 디자인을 어찌 쉽게 만들어내겠는가!

다행인 점은 수출입이 통제되는 상황이라는 것이다.

한국에서 외국으로 들고나는 항공기는 천지건설 임직원들을 수송하기 위한 것뿐이다.

이들이 나갈 때 완성품을 실어서 보내면 그곳에서부터 배송이 시작된다. 그런데 언제 출발할지 아무도 모른다.

그렇기에 납기가 널널하다는 것이 그나마 다행이다.

현수와 다이안, 그리고 플로렌 덕분에 지오다노, 해리엇, 프로스펙스, 라파엘 웨딩, 라라힐 드레스는 로또 복권 당첨 따위는 비교할 수 없을 행운을 거머쥐게 되었다.

이제부터는 노력 여하에 따라 세계적인 브랜드로 성장하거나 예전으로 쪼그라들게 된다.

어쨌거나 하인스 킴에 관한 기사가 홍수처럼 쏟아지는 가운데 이틀째 합동공연이 시작되려 한다.

오늘의 입장객 수도 어제와 같이 1만 4,117명이다.

일찌감치 입장한 관객들은 이미 객석에 앉아 있다. 화장실은 벌써 다녀왔고, 음식으로 배도 충분히 채운 상태이다.

어제보다 훨씬 더 많은 카메라들이 설치되어 있는데 무대에서 객석의 동정을 살피는 것들이 많이 늘었다.

잠시 후, 안드레 류 오케스트라 단원들이 들어와 자리에 앉은 뒤 조율을 한다.

제법 긴 시간이 흘렀지만 객석은 고요하다. 일행이라 하더라도 옆 사람과 대화조차 나누지 않는다.

이윽고 공연 시작 시각이 되었다. 때맞춰 나타난 사회자가 마이크를 당긴다.

"신사 숙녀 여러분! 참으로 오래 기다리셨습니다. 잠시 후 2차 합동공연이 시작되겠습니다."

관객들은 말없이 사회자만 바라본다.

"다들 아시죠? 오늘 모실 분은 곧 이실리프 왕국의 국왕이 되실 분입니다. 자~아, 모시겠습니다. 하인스 킴 전하!"

두두두두두두두두두두두두두두두두두두─!

사회자의 말이 떨어지기 무섭게 낮으면서도 웅장한 소리를 내는 팀파니가 분위기를 돋운다.

동시에 모든 조명이 꺼지더니 한 줄기 스포트라이트만 아티스트 출입구를 비춘다.

검은색 커튼이 출렁였고, 어제와는 다른 예복 차림의 현수가 등장한다. 먼 후손이 작은 왕국의 국왕으로 즉위하던 날 입었던 것이다.

황제 예복이니 당연히 화려할 것 같지만 그렇지 않다.

후손이 즉위하는 날에 입은 옷이다. 당연히 그날의 주인공은 왕이 될 후손이다. 하여 화려함을 최대한 배제시켰다.

이 예복을 제작한 디자이너 역시 현수의 많은 후손 중 하나이다. 8서클에 이른 녀석인데 의류제작에 관심이 많았다.

현수는 예복을 만들기 전, 이 후손을 불러 최대한 담담하게 제작하라는 지시를 내렸다.

주인공을 제치고 싶지 않은 의중을 밝힌 것이다.

그런데 존경해마지않는 위대한 조상님께서 입으실 의복이다. 어찌 아무런 의미도 없는 것을 걸치시겠느냐면서 디자인은 본인에게 맡겨달라고 하였다.

화려함을 배제하라는 지시를 충분히 이해하지만 황제의 권위까지 지우려 해선 안 된다는 것이다.

참으로 고집이 셌던 녀석인지라 '그래, 니 맘대로 해봐라!'라고 대꾸해주었다.

그렇게 해서 만들어진 예복을 걸치고 나온 것이다.

이 예복의 깃엔 아우라를 뿜어내는 마법진이 그려져 있다. 당연히 눈에 보이지는 않는다.

하여 보는 이로 하여금 저절로 고개를 숙이게 하는 장중함과 위엄, 카리스마가 뿜어져 나온다.

그래서 그런지 가장 가까이에 있던 오케스트라 단원 전부가 자리에서 일어나 정중히 허리를 꺾는다.

안드레 류라 하여 다를 바 없다.

다음으로 사회자가 허리를 꺾었고, 객석의 관객들 또한 모두 일어나서 깊숙이 고개 숙여 예를 갖춘다.

"끄응~!"

이래서 안 입으려 했다.

그런데 다른 예복은 이보다 훨씬 더 하다. 기본 반응이 오체투지인데 어찌 입고 나오겠는가!

공연 시작 전에 모든 관객이 바닥에 엎드려 고개를 조아린다면 그야말로 특급 뉴스가 된다.

하여 최대한 덜한 것을 골랐음에도 이런 것이다.

"감사합니다. 그리고 반갑습니다. 하인스 킴입니다. 이제 모두 자리에 앉아주십시오."

"네에."

처음 학교에 온 초등학교 1학년 학생들처럼 초롱초롱한 눈빛이 현수에게 집중된다.

"오늘 날씨가 참 좋았습니다. 그렇지요?"

정말 날씨가 괜찮았다. 하여 지윤과 더불어 산책을 즐겼다. 수많은 파파라치들이 이 순간을 노렸다. 그럼에도 제지하지 않고 마음대로 찍으라고 내버려 두었다.

곧 왕국이 선포되니 가급적 세상 사람들에게 호감을 가지게 하려는 의도이다.

"네에."

"어제 기자회견 때문에 많이 놀라셨나요?"

"아뇨! 아닙니다."

"국왕이 되시는 거 축하드려요."

"좋은 국왕이 되어주세요."

"이실리프 왕국은 이민 안 받나요?"

......

"저는 이민 가고 싶어요! 받아주실 거죠?"

갑자기 봇물 터지듯 여기저기서 질문 공세를 한다.

현수는 가만히 서서 이런저런 이야기들을 귀담아들었다. 세상 사람들이 무엇을 궁금해하는지 파악하려는 의도이다.

"알고 싶은 게 많은가 봅니다."

"네에."

"좋아요! 내일 BBC와 단독 인터뷰를 합니다. 그걸 보시면 지금 가진 궁금한 점이 많이 해소될 것으로 생각됩니다."

영국인들은 BBC가 공공재산이며, 공공을 위해 기능한다고 생각한다. 하여 기꺼이 수신료를 내는 것으로 평가되고 있다.

한국의 공영방송과는 참 대조적이다.

작년 8월, 리우올림픽이 열리는 동안 약 4,524만 명이 BBC 중계를 시청한 것으로 집계되었다.

영국 인구가 약 6,370만 명이라는 점을 고려하면 인구의 70%가 시청한 셈이다. 자국 대회를 제외한 역대 올림픽 중계 방송 사상 최대 규모다.

내일 있을 기자회견의 시청률은 95%가 넘을 것이다. 영국인 거의 전부가 현수의 입에 귀 기울이게 된다는 뜻이다.

세계 최고의 부자인 것도 한몫하지만 이번엔 그보다 왕국 선포 때문이다.

영국에도 국왕이 있다.

1952년부터 현재까지 무려 65년째 재위하고 있는 엘리자베스 2세 여왕이 장본인이다. 그렇기에 영국인들은 King이나 Queen에 대한 반감이 적다.

어쨌거나 여러 이유 중 BBC가 가장 공정한 방송이라는 판단에 CNN 대신 선택한 것이다.

"네에!"

"오늘은 어제와 달리 제가 공연을 시작합니다. 중간중간 다이안과 플로렌, 그리고 윌리엄 그로모프의 공연이 있을 것이니 마음 편히 즐겨주십시오."

"네에."

객석이 잠시 술렁인다.

이제부터 최소 2시간은 귀가 황홀해질 시간이다. 그러기 전에 자세부터 바로 하느라 살짝 소음이 난 것이다.

어젯밤, 현수와 다이안, 그리고 플로렌과 윌리엄은 안드레류 오케스트라 단원들과 함께 뷔페를 즐겼다.

현수가 앉았던 자리는 안드레 류와 악장(Concertmaster) 테이블 가까이에 있었다.

일반적으로 오케스트라의 악장은 객석에서 볼 때 제 1바이올린의 맨 앞자리에 있다.

지휘자와 가장 가까운 거리에서 오케스트라를 이끌어 가며, 단원들을 대표한다.

하여 공연 전후에 지휘자와 악장이 악수를 나누는 것은 오케스트라 전체와 인사하는 것이나 다름없다.

아무튼 악장은 현수에게 티켓에 관한 이야기를 했다.

대단하신 분과 공연을 하게 되었는데 기념할 만한 것이 없다면서 혹시 남은 티켓이 있는지를 물었다.

여분이 있으면 달라는 뜻이다. 그런데 어제 공연은 완전한 만석(滿席)이었다. 따라서 남은 게 있을 리 없다.

그럼에도 알아보겠다는 대답을 했다. 단원들을 실망시키기 싫어서이다.

현수는 잠자리에 들기 전에 공연 티켓과 비슷한 걸 만들어 냈다. 이 티켓의 전면에는 다음과 같은 글귀가 새겨졌다.

2017년 1월 26∼27일
다이안 & 하인스 킴 합동공연
안드레 류 오케스트라 협연

관객 티켓은 객석 중 본인의 자리가 표시되어 있다.

단원들을 위해 만든 것은 어제 연주했던 좌석에 마나석을 박은 것이다. 공연을 기념하라는 뜻이다.

여기에 마나석 하나를 추가로 박았다.

'클리어 마인드(Clear mind)' 마법진을 추가한 것이다. 이는 늘 명료한 정신상태를 유지케 하는 효능이 있다.

술 마셔서 만취상태이거나, 마약에 취해 흐리멍덩한 상태였더라도 이내 제정신으로 되돌아온다.

이것의 특징은 악기 소리에 감응한다는 것이다.

다른 때는 몰라도 적어도 연주할 때만이라도 명료한 정신상태를 유지하라는 배려이다.

집중력을 높여주는 부가효과가 있어서 연주할 때 실수할 확률을 대폭 줄여준다.

어쨌든 오케스트라 단원들 모두의 목에는 마법진이 그려진 목걸이를 걸고 있다.

오늘은 단 한 번의 삑사리도 없을 것이 분명하다.

한편, 양일간의 공연을 위해 밥 먹을 틈도 없이 바쁘게 움직이는 아일랜드 데프 잼 레코딩스의 임직원들을 위한 모의 티켓도 만들어줬다.

관중들의 그것처럼 피로를 해소시키는 마법진이 그려진 것이다. 이 티켓에는 다음과 같은 글귀가 추가되어 있다.

성공적인 공연을 위해 헌신적인 노고를 아끼지 않은 것에 깊이 감사드리며, 기념으로 이 티켓을 헌정(獻呈)합니다.

— 하인스 킴 드림

이를 받은 올리버 캔델 이하 모든 임직원은 사소한 것까지 마음 쓰는 하인스 킴의 인성에 깊이 감복하였다.

하여 미처 보지 못한 것이라도 있으면 안 된다며 더욱 열정적으로 공연을 준비했다.

아무튼 현수가 기타를 당겨 안자 사회자가 발언한다.

"오늘의 첫 곡은 알함브라 궁전의 추억입니다."

현수는 앞의 마이크를 당겼다.

"연주에 앞서 이 곡에 대한 설명을 잠깐 해도 되죠?"

"네에."

"그럼요."

"좋아요! 해주세요."

관객들의 호응에 싱긋 미소 지은 현수가 말을 잇는다.

"참! 연주가 시작되기 전과 후엔 떠드셔도 됩니다."

"네에. 알았어요."

"스페인의 기타 연주자 겸 작곡가인 프란시스코 타레가는 제자이자 유부녀인 콘차 부인을 짝사랑했다고 합니다."

"에이, 그럼 안 됩니다."

"어! 그건 불륜인데요?"

"물론이죠. 아무튼, 어느 날 그녀에게 사랑을 고백했는데 그만 차였답니다."

"헤에, 그건 쌤통이네요."

"당연한 겁니다. 당연히 그래야 합니다."

"네에. 그렇죠. 아무튼 실의에 빠진 타레가는 여행을 하다 그라나다에 위치한 알함브라 궁전을 보게 됩니다."

"그라나다가 어딘가요?"

"스페인에 있어요. 아무튼 타레가는 이 궁전의 아름다움에 취해 곡을 하나 썼습니다. 제가 오늘 연주할 곡이죠."

말을 마친 현수는 기타의 현(絃)으로 시선을 내린다. 그리곤 연주를 시작했다.

띠리리 띠리리 띠링 띠링 띵!…

기타의 선율이 관객들의 청신경을 자극하기 시작했다. 어제와 마찬가지로 치유마법이 이 선율에 실린다.

동시에 물의 최상급 정령 엘리디아가 관객석을 훑고 지난다. 대다수는 별 느낌이 없었지만 아주 예민한 몇몇은 흠칫거린다.

그런데 기분 나쁜 싸늘함 따위가 아니라 아주 약간 서늘한 상쾌함이다. 그래서 이내 연주에 집중한다.

잠시 후 오케스트라의 협주가 시작되었다. 오늘 공연을 위해 특별히 현수가 준 악보로 하는 연주이다.

기타 선율이 묻히지 않을 정도로 작은 소리인지라 관객들은 합주가 시작된 것을 느끼지 못하고 있었다.

절묘한 화음은 한동안 계속되었다. 그러다 끝이 났다.

Chapter 03
—
2차 합동공연

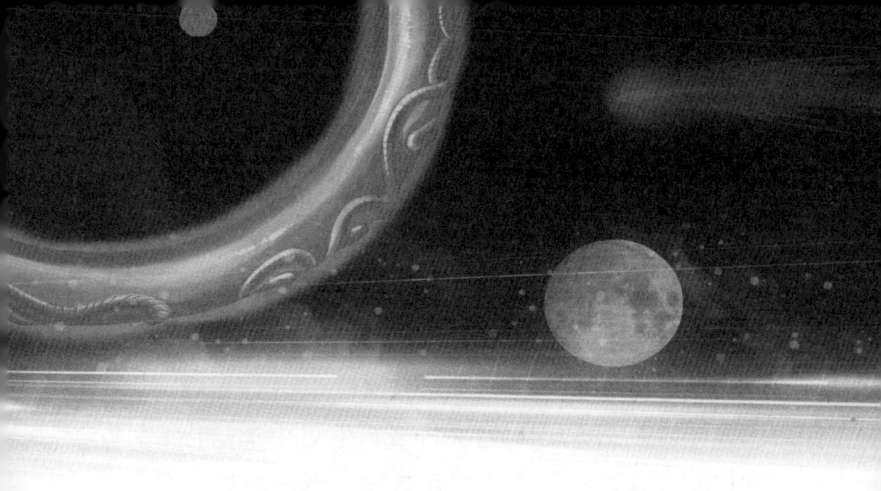

"와아아아아아아아아아ㅡ!"

짝짝짝짝짝짝짝짝ㅡ!

휘익! 휘이익~! 휘이이익ㅡ!

"브라보! 브라보! 브라보! 브라보!…"

모두가 기립박수를 칠 때 살짝 일어나 마이크를 당겼다.

"감사합니다. 감사합니다. 어때요? 괜찮았나요?"

"네에! 너무 좋았어요."

"완전 끝내줬습니다. 최고예요!"

"너무 너무 좋았어요. 대단해요."

"감사합니다. 다음 곡은 영화 레옹의 OST로 쓰였던 스팅의

Shape of my heart입니다. 아! 노래는 안 부릅니다."

"알아요! 좋은 연주 부탁해요."

고개를 끄덕인 현수는 이내 손가락을 놀리기 시작했다.

띵 띠딩, 띵 띠딩, 띵 띠딩 띠딩!…

유명한 멜로디가 시작되자 다들 숨죽이고 집중한다.

이번에도 오케스트라는 기타 소리를 덮지 않으려 아주 조심스레 연주한다. 이 악보 또한 현수가 건넨 것이다.

그러니 아주 절묘한 하모니를 이루며 선율을 이끌어 간다.

웬만하면 영화의 장면들을 배경 스크린에 올려주겠지만 총을 쏘고, 이에 맞아 사람이 죽는 장면은 아직 미성년인 관객에게 보여주기엔 적합지 않다.

그래도 상징적 의미가 있으니 마틸다와 레옹이 신호등이 있는 언덕길을 걷는 정지화면을 보여주었다.

마틸다는 한 손에 화분을, 다른 한 손에는 누런 봉투를 들었고, 레옹은 양손에 가방 하나씩 들고 있는 장면이다.

연주는 계속되었고, 관객들은 귀 기울여 집중했다.

절묘한 화음은 한동안 계속되었다가 끝이 났다.

"와아아아아아아아아아~!"

짝짝짝짝짝짝짝짝짝—!

휘익! 휘이익~!

"브라보! 브라보! 브라보! 브라보!…"

이번에도 모두 기립하여 박수갈채를 보낸다.

"감사합니다, 감사합니다."

관객들의 환호에 고개를 끄덕이며 환히 웃은 현수는 모두 자리에 앉으라는 손짓을 했다. 객석은 이내 고요해졌다.

"이번에 연주할 곡은 영화 나자리노에 OST로 사용되었던 When a child is born이란 곡입니다."

"아, 그 노래 알아요! 되게 유명해요."

"나도 알아요. 그거 Boney M 노래죠."

관객들은 연주가 시작되기 전이나 후엔 떠들어도 된다는 말을 잊지 않은 모양이다.

잠시 관객들의 말에 귀 기울인 현수가 입을 연다.

"많은 분들이 보니 엠 노래로 알고 있군요. 근데 원곡은 독일의 가수 마이클 홀름(Michael Holm)이 불렀습니다."

"……?"

한 번도 못 들어본 이름인 듯한 반응이다.

"1943년에 태어났으니 올해 74세네요. 네! 모를 만합니다. 아무튼 그렇다고요."

"하하하~!"

"이 곡은 나자리노라는 영화의 OST로 쓰이면서 아주 유명해졌죠. 혹시 나자리노 아세요?"

"아뇨, 몰라요!"

"나자리노, 처음 들어봤어요."

"모를 만도 해요. 1974년에 제작된 아르헨티나 영화니까요.

음악 빼고는 볼 게 없어요. 그래서 추천하지 않습니다."

"하하하!…"

대답을 이렇게 했지만 나자리노 다시보기를 하려는 사람들이 상당히 많을 것이다. 레옹도 마찬가지이다.

이 영화는 아르헨티나의 전설을 모티브로 만들어졌다.

사랑에 빠지면 늑대가 되는 저주를 안고 태어난 청년 나자리노와 마을에서 제일 예쁜 처녀 그리셀다와의 이루어질 수 없는 비극적인 사랑이 메인 스토리이다.

현수는 아주 오래전, 그러니까 몇 천 년 전의 어느 날 이 영화를 보았고, OST가 좋아서 오래 기억하고 있다.

그래서 기르던 늑대에게 나자리노와 그리셀다라는 이름을 붙여주었던 것이다. 이를 줄여서 리노와 셀다라 하였다.

현수는 이들 둘을 데리고 아차산을 주름잡았다. 물론 아주 오래전의 옛일이다.

리노와 셀다는 분명한 늑대. 하여 육식을 했는데 소나 돼지, 또는 닭고기를 먹이는 게 내키지 않았다.

그렇다 하여 산짐승을 사냥해서 배를 채우라는 것도 그렇다. 아차산엔 야생동물이 너무 없었기 때문이다.

하여 아르센 대륙에서 잡은 여러 흉포한 맹수와 몬스터 고기를 아공간에 담아 와서 먹였다.

그러다 아르센 대륙으로 차원이동을 한 첫 번째 늑대 부부가 되었다. 리노와 셀다는 그곳에서 아주 강력한 숲의 제왕으로 성장했고, 많은 새끼들을 낳았다.

한국으로 치면 태백산맥의 절반 정도가 나자리노와 그리셀다 일족의 영역이었다.

먼저 터를 잡고 있던 샤벨 타이거 무리는 이들에 의해 쫓겨났다. 리노와 셀다가 더 용맹했기 때문이다.

이렇듯 강력했지만 인간에겐 전혀 해를 끼치지 않았다. 오히려 각종 몬스터로부터 인간을 보호하려 애를 썼다.

하여 인근 마을주민은 아이들이 리노와 셀다와 함께 깊은 산속으로 들어가도 내버려두었다.

어른들과 함께 있는 것보다 안전했기 때문이다.

늑대의 수명은 길어야 16년이다.

그런데 나자리노와 그리셀다는 지구가 아닌 마나 농도가 진한 아르센 대륙의 오염되지 않은 산속에서 살았다.

그래서 그랬는지 160년 이상 살았다.

나중엔 영물(靈物)에 가까워졌었다. 자신의 뜻을 현수에게 전할 정도가 되었던 것이다.

죽음에 임박했을 때 현수는 이렇게 물었다.

"죽으면 곧바로 부활시켜줄게."

나자리노는 고개를 흔들며 이렇게 대꾸했다.

"아뇨! 그러지 마세요. 이 정도면 정말 오래 산 거예요. 다음엔 인간으로 태어날게요. 그래서 주인님 곁을 지킬게요."

"그래! 알았다. 네 뜻대로 하마."

현수는 기력이 다한 나자리노를 부드럽게 쓰다듬어주었다. 곁에 있던 그리셀다는 소리 없이 눈물을 흘렸다.

평생을 함께한 반려가 세상을 뜨려 한다는 것을 명확히 인식하고 있었던 것 같다.

나자리노가 숨을 거두고 사흘이 지났을 때 그리셀다도 세상을 떴다. 현수는 이들 둘의 시신을 합장해주었다.

그리고 둘 다 인간으로 환생하라는 축원문을 읊어주었다.

160년 가까이 곁에 머물면서 재롱도 부리고, 같이 놀아달라고 보채기도 했던 반려동물들이다.

몬스터 앞에선 흉포한 맹수의 모습을 보였지만 본인 앞에선 언제나 배를 까고 만져달라고 아양 떨던 녀석들이다.

그렇기에 사후의 행복을 기원해주었던 것이다.

아직 신이 되지 않아 나자리노와 그리셀다가 사람으로 환생해서 본인 곁에 머물렀었는지 여부는 알지 못한다.

지극 정성으로 충성을 다했던 수하들이 너무 많아서 구별할 수 없었던 것이다.

나중에 깨달음을 얻어 진짜 신으로 승격되면 꼭 한번 알아볼 생각이다. 그때가 되면 아카식 레코드 전부를 열람할 권한이 생기기 때문이다.

아무튼 현수는 이번 공연을 위한 선곡을 하다 창밖에서 뛰어노는 개들을 보았다.

그때 문득 리노와 셀다가 떠올라 이 곡을 선택한 것이다.

이번엔 클라리넷으로 메인 테마를 연주한다. 현수가 이 악기를 들자 관객들은 예상외라는 표정이다.

지금껏 한 번도 연주하지 않았던 악기였기 때문이다.

4옥타브의 클라리넷은 인간의 음성과 가장 닮은 악기이다. 메조소프라노에서 베이스까지 소리를 낸다.

하여 이번 클라리넷 연주는 오케스트라에 맞춰 사람이 노래를 부르는 멜로디 라인을 표현한다.

오케스트라가 내는 소리는 장중했다. 클라리넷 선율은 그 속을 마치 헤엄치는 물고기처럼 선명하게 쏘다녔다.

관중들은 입을 벌린 채 공연을 지켜보았다. 그러다 연주가 끝나자 일제히 기립한다.

"와아아아아아아아아아아아아~!"

"최고예요! 너무 멋져요. 정말 좋았어요."

"브라보! 브라보, 브라보, 브라보, 브라보!"

휘익! 휘이이익! 삐익! 삐이이익―!

짝짝짝짝짝짝짝짝짝짝짝짝짝짝짝짝짝짝짝―!

"하인스 킴! 하인스 킴! 킴! 킴! 킴! 킴!…"

함성과 환호, 휘파람 소리, 박수 소리, 연호까지 완전히 짬뽕이 되어 컨벤션센터를 뒤흔든다.

"감사합니다. 감사합니다."

현수는 자리에서 일어나 관중들의 환호에 화답해주었다. 잠시 그러곤 손짓으로 진정시켰다.

"저는 이제 잠시 쉬겠습니다. 다음은 여러분들이 고대하시던 그룹 다이안입니다."

살짝 고개 숙여 예를 갖춘 현수가 물러나는 동안 다이안의 데뷔곡인 To Jenny의 전주가 흘러나온다.

아티스트 출입구에서 만난 다이안은 현수와 하이파이브를 하곤 무대 중앙으로 나서며 노래를 시작한다.

아까 공연이 시작되기 전 사회자는 관객들에게 당부의 말을 전했다.

"오늘 하인스 킴 님이 연주할 때는 실황 녹음을 해야 하니 조용히 해주었으면 좋겠습니다. 대신 그룹 다이안이 노래 부를 때는 따라 불러도 좋습니다."

플로렌과 윌리엄 그로모프가 언급되지 않은 건 아직 못 들어봤으니 따라 부르고 싶어도 그럴 수 없기 때문이다.

어쨌거나 다이안이 등장하자 객석에서 환호성이 터져 나온다.

"와아아아아아아아아아아~!"

"다이안, 다이안, 다이안, 다이안―!"

노래가 시작되었고, 관중들은 일제히 합창을 한다. 다이안은 때때로 본인들의 마이크를 관중석으로 향하게 했다.

그럴 때마다 더 큰 소리로 노래를 부른다.

노래가 절정으로 치달을 때 물의 최상급 정령 엘리디아가 또 한 번 객석을 샅샅이 훑는다.

이번엔 예민한 사람들조차 흠칫거리지 않는다. 목 놓아 노래 부르는 것에 집중하고 있었던 때문이다.

다음 곡은 First meeting이다.

이 노래 또한 거대한 합창이 되었다. 안드레 류는 이럴 줄 알았다는 듯 노래 시작 전에 파트를 정해주었다.

그리곤 돌림노래처럼 부르도록 객석을 지휘했다. 관중들은 마치 본인들 콘서트를 하는 듯 열정적으로 따라했다.

노래가 끝나자 한바탕 신명 나는 마당놀이라도 즐긴 듯 다 같이 박수 치고, 환호했으며, 연호하고, 괴성을 질러댔다.

벌써 목이 쉬어버린 사람도 여럿이다.

록 스타의 콘서트에 와서 죽어라 헤드 뱅잉을 한 듯 땀범벅인 사람도 있다. 현수가 연주할 때완 완전히 다른 모습이라 같은 관중이라 믿을 수 없을 정도이다.

절정은 세 번째 곡이다. 잠자리와 나비는 곡 자체가 경쾌하다. 안드레 류는 이 곡을 반복해서 연주할 것이며, 점점 빨라질 것이라고 예고했다.

한국어 노래지만 거의 대부분 따라 부른다. 오래전 한국인들이 외국의 팝송을 따라 부른 것과 같은 맥락이다.

다만 발음은 문제가 있다.

살바토레 아다모(Salvatore Adamo)가 1963년에 발표한 샹송 Tombe La Neige는 '똥브 라 네주'로 발음해야 한다. 그런데 일부 한국인은 이를 '돈 벌어 나줘'로 발음했다.

웃기려고 한 것도 있겠지만 어찌 들으면 진짜 그렇게 들린다. 지금 관객들의 한국어 발음이 이와 유사하다.

그런데 아무도 웃지 않는다. 점점 빨라지는 템포를 따라가기에도 바빴던 때문이다.

결국 잠자리와 나비는 연속 4번 연주되었다.

처음이 4분이었다면 두 번째는 3분 15초, 세 번째는 2분, 마지막 네 번째는 1분 20초가량 걸렸다.

노래가 끝났을 때는 모든 관중은 물론이고 다이안까지 헐떡이고 있었다. 이런 모습을 보고는 서로 웃는다.

"와하하하하하하하하―!"

마음속 깊은 곳에 감춰두었던 근심과 걱정거리가 한꺼번에 해소되는 듯한 카타르시스를 느꼈을 것이다.

관객들은 모르겠지만 현수도 이번 연주에 동참했다. 자리는 오케스트라의 맨 뒤이다.

연주한 악기는 심벌즈이다. 일반적으로 연주 시간은 가장 짧지만, 소리는 가장 큰 악기로 알려져 있다.

딱 1번만 울리는 곡이 있고, 애국가는 3번 울린다.

아무튼 일정한 음이 없어서 무율 타악기로 분류된다. 현수는 이 음에 해원마법을 담았다.

대상이 무언가에 완전히 집중해있거나 모든 생각을 버린 채 명상에 잠겨 있을 때 가장 효과가 좋다.

어제는 해금으로 홍연이라는 곡을 연주할 때 이 마법을 구현시켰다. 모두가 애절한 소리에 집중해있었을 때이다.

이번에 새로 만든 잠자리와 나비를 위한 오케스트라 악보엔 심벌즈가 상당히 여러 번 연주된다. 대신 소리를 죽이도록 했다. 1절마다 18번이니 이례적이라 할 수 있다.

아무튼 이번 연주에 총 144번이나 연주되었다.

하지만 관중들은 잘 모른다. 소리를 죽였기 때문이기도 하지만 노래에 완전히 몰입해 있었던 때문이기도 하다.

한바탕 웃음을 터뜨린 관중들이 하나둘 자리에 앉을 때 다이안은 퇴장했다.

잠시 후 현수가 다시 등장했다. 이번엔 스코틀랜드의 민속 악기인 백파이프를 들고 있다.

등장함과 동시에 '뿌~앙' 하는 특유의 소리가 났다.

관중들은 방금 전까지 미친놈 널뛰듯 펄펄 날았던 것을 잊기라도 한 듯 아무런 소리도 내지 않고 주시한다.

Amazing Grace를 모르는 사람은 없다. 그렇기에 초롱초롱한 눈망울로 소리 없이 노래를 따라 부른다.

오늘 온 관객은 확실히 수준이 높은 듯하다.

조금 전엔 누가 봐도 미친것 같았는데 순식간에 180도 변신이라도 한 걸 보면 확실하다.

현수가 연주하는 백파이프는 음량이 상당했다.

오케스트라 소리도 작지 않았는데 묻히지 않고, 객석 끝까지 선명하게 뻗어 나갔다.

"와아아아아아아아아아~!"

짝짝짝짝짝짝짝짝짝—!

"브라보! 브라보! 브라보! 브라보!…"

관중들의 열광적인 반응을 보니 오늘 앵콜은 최소 3곡은 되어야 할 듯싶다.

"감사합니다. 듣기 괜찮았나요?"

"네에, 너무 좋았어요."

"연주 솜씨 대단했어요."

"감사합니다. 이제 조금 스케일을 키워보겠습니다."

현수가 포디움 위의 안드레 류를 바라보자 걱정 말라는 듯 고개를 끄덕인다.

오늘 오전, 공연에 대한 회의를 했다.

이 자리에서 현수는 잠자리와 나비를 점점 더 빠른 템포로 연주해줄 것을 주문했다.

클리어 마인드 마법을 염두에 둔 요구이다.

단원들의 솜씨를 믿기는 하지만 속주(速奏)를 하다 보면 종종 실수를 범한다. 하여 심히 저어되었지만 어쩌겠는가! 하인스 킴이 처음으로 한 요구이다.

하여 일단은 단원들의 실력을 믿어보기로 했다.

그 결과 단 한 번의 실수도 없이 완벽하게 연주해냈다. 하여 안드레 류의 기분은 몹시 좋았다.

다음 곡은 다뉴브강의 잔물결이다.

일제강점기 시절이었던 1926년 8월, 한국 최초의 소프라노 윤심덕은 이 곡을 가창곡으로 편곡하였고, '사의 찬미' 라는 제목을 붙여 인생의 허무함을 노래하였다.

다음은 노래 가사 중 일부이다.

광막한 광야에 달리는 인생아 너의 가는 곳 그 어데이냐
쓸쓸한 세상 험악한 고해를 너는 무엇을 찾으러 가느냐
......
눈물로 된 이 세상은 나 죽으면 고만일까
행복 찾는 인생들아 너 찾는 것 허무

이 시절의 레코드판 1장 가격은 쌀 한 섬이었다. 현재 가치로 약 100만 원이었던 것이다.

이 음반이 발표되기 전 한반도 전역에 보급된 유성기(留聲機)는 2,000대가 채 안 되는 것으로 추정된다.

그런데 이 음반이 무려 3~5만 장이나 팔렸다. 그만큼 많은 유성기가 보급되었다는 의미이다.

유성기 1대 가격이 서울의 집 한 채 값이었으니 상당히 많은 부자들이 돈지랄을 한 것이다.

그런데 당시 조선에는 유성기를 만들 기술이 전혀 없었으니 누군가 떼돈을 벌었을 것이다.

아무튼 녹음하고 얼마 지나지 않아 윤심덕은 사망한다. 그

래서 음반이 더 많이 팔렸다.

이렇듯 엄청난 물량을 팔아치운 닛토 레코드사와 닛지쿠 축음기 회사는 일본의 국영기업이다.

그래서 스스로 현해탄에 빠져 죽었다는 윤심덕의 죽음에 의문이 간다. 자살이 아닌 타살일 확률이 높아진 것이다.

어쨌거나 다뉴브 강의 잔물결은 안드레 류 오케스트라의 단골 레퍼토리 중 하나이다.

그렇기에 걱정 말라고 고개를 끄덕인 것이다.

"다음 곡은 다뉴브 강의 잔물결입니다. 도나우 강이라고도 하지요. 루마니아의 요지프 이바노비치 작곡입니다."

"알아요!"

"그 노래 좋아요."

"잘 아시니 다행입니다. 이번 연주에서 저는 바이올린을 켤 겁니다. 이 악기 보이시죠?"

바이올린을 들어서 보여주자 모두들 고개를 끄덕인다.

"네에. 잘 보여요."

"그래요! 이건 1717년에 제작된 스트라디바리우스입니다. 음색이 상당히 좋죠. 잘 들어보시기 바랍니다."

현존하는 스트라디바리우스는 보관 상태와 음질에 따라 가격이 다르다. 아무리 적어도 10억 원 이상이다.

특히 1700~1725년 사이에 만들어진 것은 수백억 원에 거래된다. 이때가 바이올린 제작의 황금기였다.

실제로 1721년산 레이디 블런트 바이올린은 182억 원에 거래되었고, 1719년산 맥도널드 비올라는 532억 원이 경매 시작가였다.

현수가 들고 있는 1717년산 하인스 킴 바이올린은 그 가치가 최소 900억 원이다.

보존상태 '초극상', 음질 '초극상', 내구연한 '1,000년 보장'이다. 마나의 힘이 스며든 결과이다.

이를 위해 눈에 보이지는 않는 여러 마법진이 스며들어 있다. 보존마법이 내구연한 1,000년 보장의 근거이다.

망치로 내리치거나, 도끼로 찍어도 흠집 하나 나지 않도록 하는 슈퍼 스트렝스(strength)와 인듀어런스(endurance) 마법진도 있다.

그럴 일이야 없겠지만 혹시라도 도난당할 경우를 대비한 귀환마법진도 있다.

2010년 바이올리니스트 김민진은 영국의 기차역에서 잠시 가방을 내려놓았다가 22억 원짜리 스트라디바리우스를 도둑맞은 바 있다.

2014년에는 밀워키교향악단 수석 연주자 프랭크 아몬드를 전기충격기로 기절시킨 뒤 1715년산 바이올린을 가져간 사건도 있다.

이런 상황을 염두에 두어 바이올린이 귀환할 때 마지막으로 손을 댔던 사람도 같이 딸려오도록 했다.

키보드, 마우스, 스피커, 이어폰 등의 블루투스 장치는 PC 와 연결될 수 있다. 이를 페어링(pairing)이라 한다.

현수의 바이올린은 다른 사람의 손을 타게 되면 자동으로 페어링된다. 하여 귀환마법이 구현되면 가장 마지막에 손댄 사람도 함께 딸려오는 것이다.

아마 도둑놈 또는 장물아비가 끌려오게 될 것이다.

만일 돈을 주고 구입한 사람이 딸려오게 되면 누구에게 구 입했는지 물어서 추적하면 된다.

선의의 피해자라 확인되면 기억을 지운 뒤 돌려보낸다.

외계인이 등장하는 영화 맨인블랙에는 기억을 제거하는 장 치가 등장한다. 뉴럴라이저(Neuralyzer)라는 것이다.

이걸로 최면을 걸어 지워진 기억을 읽어낼 수도 있을 것이 다. 하지만 기억 소거 마법이 구현되면 최면상태가 아니라 그 보다 더한 상황이더라도 기억이 복구되지 않는다.

도둑놈이나 장물아비가 딸려오면 어떻게 처리할지는 아직 정하지 않았다. 일어날 확률이 거의 없는 사건이기 때문이다.

하긴 누가 감히 현수의 물건에 손을 대겠는가!

연주할 때가 아니라면 항상 아공간에 담겨 있다.

아무도 손댈 수 없으니 가장 안전하고, 악기가 완벽하게 현 상태를 유지하는 공간이다.

어쨌든 현수의 손에 들린 게 1717년산이라 하였다.

스트라디바리우스가 비싸다는 건 누구나 아는 사실이다.

하여 모두의 시선이 집중되었다.

이야기를 마친 현수는 안드레 류에게 시선을 준다. 준비되었으니 언제든 시작하라는 신호를 한다.

하여 활을 그었다. 바이올린으로 시작한 것이다. 잠시 후 왈츠 본연의 박자가 연주된다.

쿵작작 쿵짝! 쿵작작 쿵짝!…

이 위로 바이올린의 현이 소리를 낸다. 현수가 장담한 대로 음색이 매우 뛰어나다. 그리고 선명하다.

현수는 메인 멜로디를 끌고 갔고, 오케스트라는 이에 맞춰 협연하였다. 한편, 관객들은 살짝살짝 고개를 끄덕여 박자를 맞추며 듣고 있다.

약 8분에 걸친 연주가 끝났다. 안드레 류는 제1 바이올린 자리에서 연주했던 현수를 바라보며 박수를 친다.

잘했다는 의미이다. 그리곤 손짓으로 단원들 전부를 일으켜 세운다. 이번 연주는 안드레 류 지휘이다. 그러니 지휘자로서 관객들에게 예를 표하려는 것이다.

"와아아아아아아아아아아—!"

짝짝짝짝짝짝짝짝짝짝짝짝짝!…

휘이이익~! 휘이익! 휘—익!…

"멋지다. 잘했어요. 계속해줘요."

관객들의 박수갈채는 계속 이어졌다. 안드레 류와 단원들은 늘 연주 여행을 다닌다. 그렇기에 이런 환호에 매우 익숙하다. 그럼에도 얼굴이 붉게 상기되어 있다.

이렇듯 열렬한 환호와 박수갈채는 몇 년에 한 번 경험할까 말까하기 때문이다.

마치 록 스타에 미쳐버린 광팬들의 반응과 같다. 오케스트라가 언제 이런 경험을 해보았겠는가!

"감사합니다. 감사합니다."

안드레 류는 연신 고개를 끄덕이며 관객들의 열렬한 반응에 감사를 표했다. 그리곤 현수를 힐끔 바라본다.

이에 고개를 좌우로 저었다. 이번엔 혼자서 온전한 스포트라이트를 받으라는 뜻이다.

뜻을 알아차린 듯 이내 마이크를 끌어당긴다.

"다음에 연주할 곡은 베토벤의 운명 교향곡입니다. 전곡을 연주하려면 30분쯤 걸린다는 거 다 아시죠?"

"네에."

"그래서 1악장만 연주할 겁니다."

다소 익살스런 표정을 짓자 관객들이 폭소를 터뜨린다.

"하하하하! 하하하하!"

안드레 류는 짐짓 현수를 힐끔 바라본다.

"하인스 킴 전하께서 악기를 바꾸지 않으셨군요."

그렇다는 뜻으로 고개를 끄덕이자 말을 잇는다.

"지금 다른 악기로 바꾸셔도 됩니다."

현수가 고개를 저었다.

"좋습니다. 그럼 시작해보죠. 아직 앉지 않으신 분은 얼른 착석하십시오. 1악장만 연주해도 8분 40초가 후딱 지나갑니다. 계속 서 있으면 다리가 아플 시간이죠."

"하하! 하하하!"

관객들이 웃음 짓자 안드레 류 역시 웃는 얼굴로 돌아선다. 이제 본업인 지휘를 할 시각이 된 것이다.

연주가 끝난 것은 정확히 8분 40초 후였다.

"우와아아아아아아아아아아아아—!"

짜짝짝짝짝짝짝짝짝짝짝!…

"브라보! 브라보! 브라보! 브라보!…"

휘이익! 휘익! 휘이이익!…

객석의 환호와 박수 소리가 천장 지붕을 뚫고나갈 지경이다. 안드레 류를 비롯한 단원 전부 관객들의 호응에 감사의 뜻으로 예를 갖췄다.

Chapter 04

—

니들이 불사조냐?

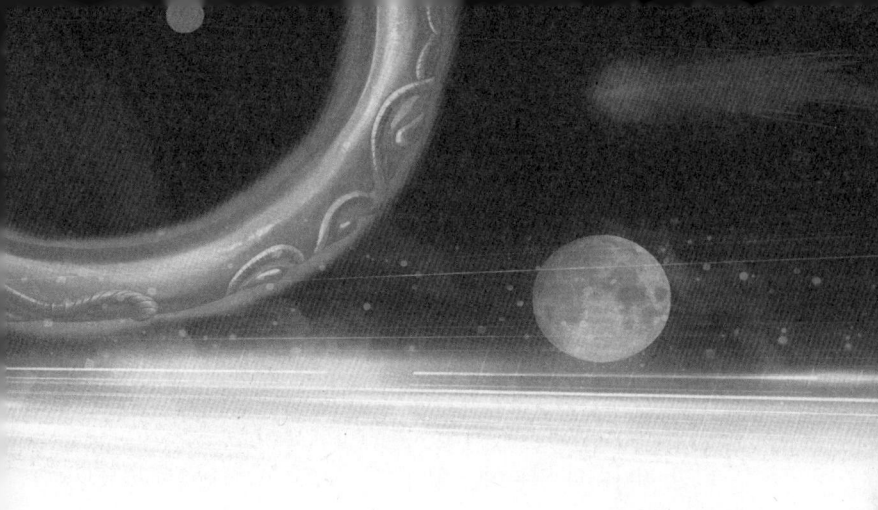

현수는 정중히 고개 한 번 끄덕여주고는 뒤로 물러났다.

잠시 후, 객석에 고요가 찾아왔다. 그러자 사회자가 입을 연다.

"한국에서 날아온 신성(新星)! 어제 이 자리에서 전 세계를 상대로 데뷔무대를 가졌던 걸그룹 플로렌을 소개합니다."

"와아아아아아아아아!…"

"데뷔곡은 LUX입니다. 방금 퇴장하신 하인스 킴 전하께서 친히 작사·작곡하신 곡입니다."

관객들은 몰랐다는 반응이다. 그러거나 말거나 사회자의 발언이 이어진다.

"라틴어로 빛이라는 의미를 가진 이곡의 가사는 100% 한국어입니다. 가사가 궁금하실 관객들을 위해 스크린에 자막으로 그 내용이 번역되어 표기될 겁니다."

말 떨어지기 무섭게 스크린 가득 영어, 불어, 독어, 스페인어, 이탈리아어, 러시아어, 아랍어, 힌디어, 벵골어, 포르투갈어 등 세계 각국의 언어로 번역된 가사가 뜬다.

다만 지나어와 일본어는 없다.

지나야 곧 멸망할 국가라 그런다 쳐도 일본어가 없는 것에 불만인 관객이 있다. 국적이 일본인 사람이다.

그런데 현수는 일본을 배려해줄 마음이 없다. 하여 고의적으로 배제시킨 것이다.

베트남어와 인도네시아어도 없기는 마찬가지인데 그 이유는 일본어와 다를 바 없다.

잠시 후 플로렌이 등장했다.

어제완 다른 의상이지만 전부 라라힐 드레스에서 제작한 것으로 몸매를 확실히 드러내주는 의상이다.

멤버들은 어젯밤 제대로 잠을 이루지 못하였다.

꿈만 같던 데뷔를 너무나 큰 무대에서 했다. 그에 대한 반응을 보기 위해 인터넷에 접속해서 밤을 샌 것이다.

멤버들은 열렬하다 해도 좋을 선플들을 눈물 그렁그렁한 눈으로 보았다. 물론 한국 사이트이다.

우와! 다이안 못지않은 대형신인이다.

세계 최고의 데뷔무대인데 실수를 안 해.

너무도 화려한 데뷔! 이 오빠가 축하한다.

플로렌 홍해라! 오늘부터 니들 팬이다.

노래와 춤 어마어마했다. 팬클럽부터 만들자.

오빠만 믿어! 이제 꽃길만 걷게 해줄게.

와! 플로렌, 완전히 망했던 그룹이었어. 근데 어떻게?

니들 설마 불사조냐? 왜 이렇게 화려하게 부활해?

악플은 없다. 플로렌에 대해 알려진 것이 거의 없으니 안티 팬이 있을 수 없는 때문이다.

게다가 외압을 받아 찌그러진 비운의 그룹이다.

하여 동정하는 팬들이 상당히 많았다. 이들을 재기를 축하 하며, 용기 내어 앞으로 나아가라는 글을 남겼다.

물론 악플이 전혀 없었던 것은 아니다.

플로렌의 뛰어난 외모와 몸매, 가창력과 안무 등에 열등감 을 느낀 몇몇이 쓰레기 같은 글을 남겼다.

전 소속사 사장 김동철도 술에 취한 채 악플을 남겼다.

선플이 많았기에 금방 묻혔지만 그냥 놔둘 수는 없다. 내용 이 너무 모욕적이었기 때문이다.

도로시는 즉각 캡처 했고, IP주소를 확인했다.

그리곤 Y-그룹 소속 변호사 주효진과 김승섭에게 명예훼

손의 죄를 물어달라는 메시지를 보냈다.

아마 빠져나가거나 무마하기 힘들 것이다. 그래 줄 경찰, 검사, 판사가 몽땅 사라졌기 때문이다.

어쨌거나 플로렌이 본 것은 선플뿐이다. 그렇기에 밤새 벅찬 마음으로 반응을 보고 또 봤다.

그렇게 밤을 꼬박 새우고야 화들짝 놀랐다.

오후에 또 공연을 해야 하는데 잠을 자지 않으면 컨디션이 엉망일 수 있음을 자각한 것이다.

하여 서둘러 잠자리에 들었지만 쉽게 뜻을 이루지 못했다.

엔도르핀과 다이도르핀이 잔뜩 분비되어 있는 흥분상태였기 때문이다.

엔도르핀(Endorphin)은 뇌에서 자연적으로 생성되며 통증 완화효과를 지닌 아편성 단백질인 '기쁨 호르몬' 이다.

다이도르핀(Didorphin)은 엔도르핀의 4,000배 효과를 내는 '감동 호르몬' 이다. 어떤 일에 깊은 감명을 받았거나, 대오각성(大悟覺醒)할 때 분비된다.

멤버들 모두 하룻밤 새운다 하여 피곤 때문에 문제가 발생될 수 없는 신체이다. 하여 하루 종일 행복한 상태로 있다가 이 무대에 올랐다.

어제는 무대가 환했고, 객석은 매우 어두웠다. 하여 관객이 얼마나 되는지 모른 채 공연을 했다.

총 1만 2,000석 규모로 개조했는데 입석 관객까지 총 1만

4,117명이 있었다고 한다.

지금도 객석이 가득 차 있으니 아마 비슷한 인원이 있을 것이다. 그럼에도 전혀 긴장되지 않는다.

어제에 이어 완벽한 공연을 할 자신이 있기 때문이다.

"자아! 그럼 시작합니다. 플로렌의 데뷔곡 LUX!"

사회자의 말이 끝나자 연주가 시작된다.

♪ ♪ ♫ ♩ ♪ ♪ ♪ ♩ ♫ ♩ … ♫ ♫ ♩ ♪ ♪ …

멤버들은 자신의 파트를 훌륭히 소화해 냈다.

누가 봐도 신인 그룹은 절대로 아니다. 가창력, 안무 뭐 하나 흠잡을 데 없는 데다 노련미까지 느껴지기 때문이다.

오늘 공연도 전 세계 생방송이다. 그렇기에 한국에서도 많은 사람들이 시청하고 있다.

다이안과 플로렌이야 레퍼토리가 본인들 곡밖에 없지만 현수가 연주하는 건 겹치는 곡이 하나도 없다.

그러니 또 보고 있는 것이다.

시청자 중 하나는 공시생 2년 차였던 하덕현이다.

요즘 학원을 다니며 열심히 공부하는 중이다.

공부를 시작하면서 드라마와 쇼, 오락프로그램 뉴스 등을 완전히 끊었다. 바보상자라 불리는 TV와 절교한 것이다.

다만 인터넷 접속은 한다. 입학 정보 수집 및 동영상 강의를 듣는 용도로만 사용하고 있다.

휴대폰은 아예 꺼 놨다. 집중해서 공부하기 위함이다.

새 번호로 바꿨는데 연락처 목록엔 아버지와 어머니 이렇게 딱 둘만 있다. 기존의 모든 인연을 끊어낸 것이다.

오늘은 하인스 킴의 2차 공연이 있다.

그리고 현재 시각은 2017년 1월 28일 토요일 오전 8시를 조금 넘겼다.

어젯밤엔 늦은 시각까지 책상 앞에 앉아 있었다. 배운 걸 복습했는데 시간이 많이 걸렸던 것이다.

하덕현은 요즘 깊이 후회하는 일이 있다.

중·고교는 물론이고, 전문대학을 다닐 때에도 공부를 등한시 한 것이 첫째이고, 둘째는 9급 공무원이 되겠다고 2년이나 허송세월한 것이다.

앞으로는 그렇게 살지 말자 다짐했고, 툭하면 코피를 쏟을 정도로 공부에 열중하고 있다.

현수 덕분에 돈을 왕창 따서 정기예금으로 40억 원을 예치하였다. 이밖에 약간의 현금이 더 있다.

예금이자는 세금 공제 후 약 4,400만 원이다.

참고로, 9급 공무원 1호봉의 연봉은 약 2,272만 원이고, 10호봉은 약 4,360만 원이다.

공무원 호봉 수는 1년에 1씩 늘어난다. 따라서 10호봉이면 10년간 근무했다는 뜻이다.

연봉은 기본급, 정액급식비, 정근수당, 명절휴가비, 직급보조비, 정액시간외수당, 추가시간외수당, 가족수당, 성과급, 연가보상비가 모두 포함된 금액이다.

이 연봉에서 소득세, 공무원연금, 건강보험료 등이 공제되어야 하니 실수령액은 앞의 금액보다 적다.

사람들이 취직하려는 가장 큰 이유는 '돈' 때문이다.

만일 누군가 '성취감을 얻기 위해서'라고 대답하면 대놓고 거짓말하지 말라고 면박을 줘도 된다.

월급이 없다고 하면 어느 누구도 취직하지 않는다.

일부 '열정 페이' 운운하는 회사들이 있는데 이들은 '청년들을 상습적으로 착취하는 업체'라고 생각하면 된다.

참고로, 열정 페이는 무급 또는 최소한의 차비 정도만 지급하는 인턴을 모집하는 곳에서 많이 적용한다.

좋아하는 일을 하는 거니 돈은 적게 받아.

일 자체가 스펙이야. 월급 없어도 불만 갖지 마.

너 아니어도 할 사람 많아.

이게 무슨 개 같은 소리란 말인가!

잠시라도 일을 시켰으면 그에 합당한 보수를 지불하는 것이 지극히 당연한 일이다.

따라서 열정 페이는 상대적으로 힘이 없는 청년들에게 사기를 치는 것과 전혀 다르지 않다.

그럼에도 열정 페이는 사라지지 않고 있었다. 갈수록 심각해지는 취업난 때문이었다.

경쟁력 약한 청년들은 그나마 차지한 인턴 자리라도 쫓겨나지 않으려 온갖 부당함을 감내해야 한다.

본인은 굶고 상사의 도시락 심부름을 다녀와야 한다.

탕비실 구석에서 상사의 와이셔츠 다림질을 해야 하고, 술 취한 상사를 집까지 모셔다 드리곤 버스가 끊겨 터덜터덜 걸어서 귀가해야 한다.

다들 남의 집 귀한 자식들이다. 그런데 이 무슨 개 같은 일이란 말인가! 하지만 이게 대한민국의 현실이다.

이제 2017년엔 많이 달라지게 될 것이다.

제대로 된 급여를 지불하는 공장만 100만 개가 신설되는 중이다. 공장 하나당 5명을 고용하면 500만 개, 10명이면 1,000만 개의 일자리가 생긴다.

이 정도면 실업률이 단박에 해소된다.

이렇듯 정상적인 회사도 널리게 되었는데 열정 페이를 강요하는 곳에 누가 가겠는가!

도로시는 현재 열정 페이를 강요했던 회사 전부 고사(枯死)되도록 쥐어짜고 있다.

아울러 이 회사 수뇌부들을 거덜 내는 중이다.

조만간 모든 재산을 잃고 길바닥에 나앉겠지만 이들은 시혜(施惠) 및 구제 대상에서 제외된다.

악행에 대한 응분의 대가를 치러야 하기 때문이다.

아무튼 하덕현은 매년 9급 10호봉 공무원 연봉보다 많은 예금이자를 지급받고 있다.

그럼에도 원금은 고스란히 남는다.

40억 원은 연봉 1억 원인 사람이 40년간 벌어들이는 액수이다. 스물다섯부터 예순다섯까지 매년 1억 원인 셈이다.

여기에 은행 이자까지 합산하면 계산이 복잡해진다.

아무튼 하덕현에겐 집도 있다.

이 정도 상황이면 굳이 취직에 목매달 이유가 없다. 하여 목표를 새로 설정했다.

전에는 4년제 대학으로 편입하는 것이 꿈이었는데 현재는 KAIST 전기 및 전자공학과에 입학하는 것이다.

다들 알다시피 이 학교는 웬만한 성적으로는 입학이 불가능하다. 수능 볼 때 찍신이 강림해서 요행히 들어간다 해도 기본 실력이 없으면 수업을 따라갈 수 없다.

하여 기초부터 다시 공부하는 중이다. 일단 중학교 1학년 과정부터 시작했다. 앞으로 6년 동안 공부할 마음은 없다. 그래서 시간을 최대한 줄이기로 마음먹었다.

나이 40에 대학을 졸업하면 취업할 수 없다.

신입 사원이 마흔 살이라면 대리나 과장들이 불편하기 때문이다. 하여 기업이 신입사원 나이를 제한하는 것이다.

어쨌든 최대한 시간을 줄이기 위해 아주 타이트한 생활계

획표를 짰고, 그 스케줄에 따라 공부하고 있다.

일류대를 목표로 하는 고3 수험생과 전혀 다를 바 없다.

시간을 아끼기 위해 식사는 모두 매식(買食)한다. 조리하고 설거지하는 시간조차 아깝기 때문이다.

월~금요일은 학원수업 후 곧장 집으로 와서 그날 배운 것을 복습하고, 다음 날 익힐 것을 예습한다.

토요일엔 1주일간 배운 것을 복습하고, 일요일엔 2주간 익힌 것들을 점검한다.

주말이라 하여 흐트러지면 안 된다. 그래서 평일과 다름없이 하루 종일 공부에만 매진한다.

만나는 친구는 없고, 음주와 가무는 전혀 즐기지 않는다. 외출할 일 없으니 공부만 하는 것이다.

그러다 쓰러지는 일이 생길 수도 있을 것이다. 그럼 그때 가서 페이스를 조금 조절할 생각이다.

어린 시절에 실컷 빈둥거렸으니 그에 대한 벌로 스스로를 채찍질하고 있는 것이다.

아무튼 내년 수능에 응시할 생각이다. 당연히 전 과목 1등급이 목표이다. 그러고도 낙방할 확률이 있다.

그러지 않으려면 전 과목 1등급 정도가 아니라 수능 만점이 목표여야 한다. 그러려면 시간이 빠듯하다.

사실 이런 성적을 거둔다 하더라도 약간은 불안하다. 면접 때 고교 내신이 엉망인 것이 발목을 잡을 수 있기 때문이다.

아무튼 오늘은 토요일이다.

여느 날 같으면 6시에 일어나 봉제산을 뛰어갔다 온다. 7시에 샤워를 하고, 7시 20분엔 어제 배달된 전복죽을 먹는다. 7시 30분부터 8시까지는 영어단어 외우는 시간이다.

그리고 8시부터 9시까지는 수학 복습시간이다. 그런데 오늘은 스케줄이 엉망이다.

평생의 은인인 하인스 킴의 공연을 어찌 놓치겠는가! 게다가 이 공연은 보고 느끼는 점이 많다.

바이올린, 첼로, 트럼펫, 클라리넷, 하모니카, 해금, 기타 등을 연주하는데 전부 대가(大家)급이다.

평생토록 일로매진(一路邁進)[3] 하더라도 한 가지 악기를 완전히 마스터하는 것조차 지극히 어려운 일이다.

그런데 현수는 예외인 것 같다.

모든 악기를 마치 본인의 손가락 다루듯 한다. 악기 연주에 천재적인 재능이 있음이 분명하다.

그런데 음악만 그런 게 아니다.

수학, 투자, 사업, 의학, 발명 등 다양한 분야에서 세계 최고이다. 오죽하면 이탈리아 언론에서 '레오나르도 다빈치의 재림'이라는 표현을 썼겠는가!

다빈치는 르네상스 시대에 이탈리아를 대표하는 천재적 과학자, 기술자, 사상가, 미술가였던 인물이다.

---

3) 일로매진(一路邁進) : 한길로 곧장 거침없이 나아감

작곡, 수학, 해부학, 물리학, 회화, 건축, 철학, 시 등 다양한 분야에 능했고, 악기도 잘 다뤘다.

이후의 역사를 보면 이런 인물은 이탈리아뿐만 아니라 세상 어디에도 없었다.

그런데 하인스 킴이 이와 유사하다.

일단 작곡, 수학, 의학에 뛰어나며, 악기를 잘 다룬다. 그런데 그냥 뛰어나고, 잘 다루는 정도가 아니다.

일단 작곡과 수학은 세계 최고임이 분명하다. 아무도 이의를 제기할 수 없을 정도로 빼어나다.

수학을 잘한다면 물리학도 비슷하다고 봐야 한다. 의학은 아직 실력을 다 보여준 것이 아닌 것 같다.

그런데 암 치료기를 발명한 것을 보면 발명 또한 최정상급 또는 그 이상인 것으로 추정된다.

암은 아직 정복되지 않은 질병이다.

그런데 하인스 킴이 만든 치료기는 다양한 종류의 말기 암 환자들을 말끔히 완치시킨다. 부작용은 전혀 없다.

그러니 의학에 관한 것 또한 대단하다고 판단해야 한다.

방사능 오염을 정화하는 장치도 만들어냈다.

인류의 모든 과학자들이 달려들어도 할 수 없던 일을 한 것이다.

이 정도면 건축, 회화, 철학, 시 분야에 재능이 없다 하더라도 세기의 천재라는 표현을 써야 한다.

그런데 아직 모른다.

현수가 이름이 날리기 시작한 것은 불과 1년이다. 앞으로 어떤 대단한 능력을 더 보여줄지 아무도 모른다.

따라서 레오나르도 다빈치의 재림이라는 표현으로도 부족할 수 있다.

사실 이런 비유는 현수에 대한 모욕이나 마찬가지이다.

건축, 토목, 시, 문학, 철학, 회화, 조각뿐만 아니라 모든 분야에서 이미 세계 최고이다.

다만 세상에 보여줄 시간과 기회가 없었을 뿐이다.

다빈치가 10가지 분야에서 탁월했다면 현수는 1,000가지 분야에 전무후무할 재능이 있다.

그 어떤 분야든 과거는 물론이고, 앞으로도 영원히 현수를 능가할 사람이 없을 것이다.

하긴 살아온 세월이 얼마인가!

예수가 살아 있어도 고작 2,017살이다.

그런데 현수의 현재 나이는 2,962세이다.

아르센 대륙 등에 머물렀던 시간과 시간이 느리게 가는 결계 속에서 수양했던 시간은 제외된 것이다.

따라서 실제로는 이보다 훨씬 오래 살았다.

이것까지 합산하면 적어도 4,000년 이상 존재한 셈이다.

그런데 앞으로 2,038년은 더 살 예정이다. 이는 인간으로서의 삶이 이러하다.

깨달음을 얻어 신이 되면 아예 무한정으로 바뀐다.

이토록 긴 세월 동안 잠만 잘까?

남는 게 시간인 세월만 이미 2,000년 넘게 견뎠다. 쉬는 것은 물론이고, 심심한 것도 하루 이틀이다.

그렇기에 긴긴 세월 동안 무엇이든 배우고, 익혔으며, 극도로 숙달하도록 노력했고, 끝내 새로운 것을 만들어냈다.

10년에 한 가지씩 마스터했다면 200가지이다. 그런데 현수에겐 남들이 없는 능력이 있다.

마법이다. 시간의 흐름을 느리게 할 수 있고, 아예 멈춘 상태가 되도록 할 수도 있다.

게다가 두뇌는 또 얼마나 좋은가! 뭐든 아주 쉽게 깨우치니 어떤 분야든 탁월한 능력을 보일 수 있는 것이다.

하여간 하덕현의 롤 모델은 하인스 킴이다.

알파고를 상대로 전승을 거두는 것만으로도 충분히 존경스럽다. 어느 누구도 이루어낼 수 없는 성과이다.

이러니 모든 스케줄이 엉망이 되든 말든 TV 앞에 앉아 몰두해있는 것이다.

하덕현은 플로렌 멤버들을 보고 멍해졌다. 너무도 예쁘고, 섹시했으며, 멋있었기 때문이다.

"뭐야? 선녀들을 스카우트한 건가?"

다이안을 볼 때는 이렇게 중얼거렸다.

"헐! 진짜 천사들이네. 너무 예쁘다."

천사나 선녀 둘 다 인간이 볼 수 있는 존재가 아니다. 꿈에서나 간신히 볼 수 있으면 다행이다.

한편 현수를 볼 때는 이렇게 중얼거렸다.

"헐! 신(神)이신 건가?"

마치 하늘 밖의 하늘처럼 느껴진 것이다.

하덕현이 2차 공연을 보고 있는 이때 느닷없는 복통과 설사 때문에 기어 다니는 인물들이 있다.

대니얼 러셀 차관보의 계획에 따라 바하마 저택에 침투하려 대기 중이던 미국 특수부대 출신 CIA 요원 36명이다.

대니얼 러셀은 현수를 납치한 뒤 고문을 가해서라도 러시아에 대한 스와프를 철회시키려 한다.

그리곤 막대한 재산을 몽땅 빼돌려 미국 국고에 귀속시키려 이들을 동원했다.

그런데 인절미를 만들다 보면 콩고물이 손에 묻기 마련이다. 따라서 하인스 킴의 많은 재산 중 일부를 본인의 노후자금으로 은닉할 생각이다. 최소가 10억 달러이다.

이 작전의 성공을 위해 각기 다른 장소에 머물면서 반복된 모의 침투훈련을 하도록 했다.

세계의 이목이 쏠려 있기 때문이다.

D-day는 10국이 끝난 다음 날 새벽 2시이다.

승리하면 10연승을 축하할 것이고, 패하더라도 9연승을 거둔 것에 대한 파티가 있을 것이다.

이런 자리엔 술이 빠지지 않는다. 그러니 곯아떨어질 때쯤 곧바로 침투하여 작전을 완수하는 것이 목표이다.

이번 작전의 작전명은 '전격 Z작전' 이라 정했다.

1982년부터 86년까지 방영된 미국 드라마 제목과 같다.

키트라 이름 붙인 하이테크 머신을 타고 범죄와 싸우는 내용으로 에어울프와 맥가이버 등과 함께 인기를 끌었다.

대니얼 러셀은 이번 작전을 직접 입안했다.

현수는 전격 Z작전에 등장하는 악당이고, 본인은 주인공 마이클 나이트라 착각하는 모양이다.

아무튼 오늘은 대원들 모두 지정된 장소에 집결해야 하는 날이다. 작전에 임하기 전 최종 점검을 할 요량이다.

그런데 아침부터 계속되는 복통과 설사 때문에 꼼짝도 못하고 있다.

명령에 따른 집결도 중요한 일이다.

하지만 현재는 화장실 곁을 떠날 수는 없다. 수시로 왕창 쏟을 것만 같은 조마조마한 느낌 때문이다.

그냥 가면 집결지로 가던 차 안에서 지독한 악취를 풍기는 설사 똥이 허벅지를 타고 흐를 수도 있다.

바지, 시트 등이 엉망이 되는데 이는 웬만해선 처리 불가능이다. 고압세척기로 즉시 닦아내지 않으면 두고두고 악취를 풍기게 될 것이다.

제아무리 특수부대 출신이라고 하지만 이런 상황이면 움직일 수 없다.

따르릉! 따르릉! 따르릉! 따르르릉―!

아까부터 벨이 울리고 있는데 받기가 싫다. 화장실에서 가장 멀리 떨어진 곳에 전화기가 있어서 그렇다.

누가 건 전화인지 알고 있다. 하여 안 받을 수도 없기에 인상을 잔뜩 찌푸린 채 전화를 받았다.

"여보세요."

"데이브! 왜 집결지로 안 왔지?"

"배가 아파서…."

"뭐? 그걸 변명이라고 해? 당장 집결지로 와."

"못 갑니다."

"못 온다니? 무슨 소리야? 명령불복종…?"

"나를 포함한 대원 모두 심한 설사 때문에…. 으윽! 자, 잠깐만…."

우다다다! 우당탕! 쨍그랑―! 와장창!

벌컥―! 푸드득, 푸드드득―!

수화기를 타고 뭔가 요상한 소리가 전해진다. 그러다 데이브의 비명 비슷한 소리가 들린다.

"으아아아! 이럴 줄 알았어! 젠장! 씨이~발!"

데이브는 갑작스런 느낌에 화장실로 달려갔지만 허리띠를 풀고 바지를 내리는 찰나에 왕창 쏟아졌다.

일반적인 쏟아짐이 아니라 세차게 뿜었다.

일부는 바지 속에, 나머지는 화장실 곳곳으로 뿜어졌다. 순식간에 개판이 되어버렸는데 냄새는 또 어떤가!

고기를 과하게 먹어서 그런지 아주 지독한 악취가 뿜어진다. 데이브는 서둘러 바지와 팬티를 벗어 샤워실 안에 던져놓고는 샤워기를 틀었다.

쏴아아―!

물줄기가 시원치 않다. 딱 전립선비대증에 걸린 늙은이의 오줌발 같다.

이 숙소의 다른 방에서도 수도를 사용하는 모양이다.

"쓰~발, 빌어먹을 수압!"

누런 액체를 서둘러 닦아내지만 수압도 약하고, 이미 카펫으로 스며든 건 어쩔 방법이 없다.

모세관현상에 의해 빨려든 것은 웬만한 방법으론 다시 나오게 할 수 없다. 이제 이 화장실은 카펫을 교체해도 상당히 오랜 기간 동안 악취를 풍기는 공간이 될 예정이다.

"여보세요! 여보세요! 데이브! 데이브! 전화 받아!"

수화기에서 계속 부르는 소리가 어렴풋하게 들린다.

"닥쳐! 지금 전화 받을 상황 아니야. 씨발! 우아아악―!"

철커덕! 띠이, 띠이, 띠이, 띠이!…

놀라서 전화를 끊은 듯하다.

따르릉! 따르릉! 따르릉! 따르릉!…

"저, 시발놈…! 반드시 때려죽인다."

놀라서 끊은 게 아니라 실수로 끊겼던 모양이다.

성난 데이브는 씩씩거리며 화장실 청소를 하고 있다. 하의는 벗었고, 상의만 입은 체격 건장한 사내가 쫄쫄거리는 샤워기를 들고 구석구석 닦으려 애쓰는 모습은 우스꽝스럽다.

따르릉! 따르릉! 따르릉! 따르릉!…

벨 소리가 계속 울리고 있지만 데이브는 신경도 안 쓴다.

집결 명령 따위는 까맣게 잊었다. 처벌하려 하겠지만 그러라고 하고 때려치울 생각을 했다.

"에이! 쓰으벌!"

생각해 보니 아무런 죄도 없는 멀쩡한 사람을 납치하라는 것이다. 국익을 위해서라고 하지만 해선 안 될 일이다.

Chapter 05
—
하면 안 될 일

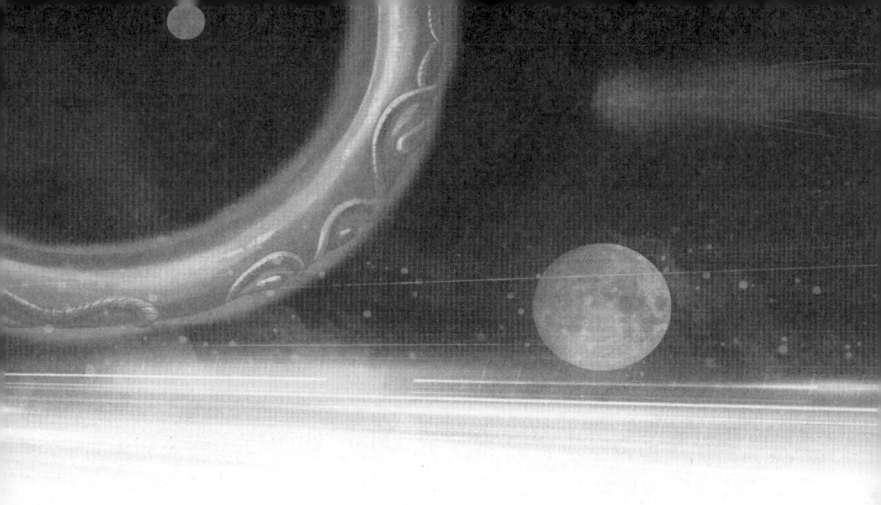

　어느 누구에게도 해를 끼치기는커녕 인류를 위해 커다란 공헌을 한 사람이다.

　암 치료기와 방사능 정화 장치만으로도 노벨상을 2개는 받아야 한다. 생리의학상과 물리학 또는 화학상이다.

　게다가 착한 일도 했다.

　지난 1차 대국에서 딴 상금 전체와 광고수익 전액, 그리고 개인 돈까지 보태 불우청소년을 위한 기금을 쾌척했다.

　한국과 러시아에 각각 10억 달러씩, 우크라이나, 벨라루스, 콩고민주공화국, 그리고 아제르바이잔에는 8억 달러씩, 바하마는 2억 달러나 기부했다. 총 54억 달러이다.

세상에 돈 많은 사람들은 많다. 그런데 누가 이런 거액을 일면식도 없는 완전한 남을 위해 쓰라고 내놓았는가!

데이브는 이번 작전이 시작부터 잘못되었다고 생각하게 되었다. 사랑하는 조국인 미국이 악당이라 느껴질 정도이다.

"쓰벌! 꼭 관두고 만다."

화장실 정리가 어느 정도 완료되자 데이브는 직속상관에게 문자를 보낸다.

To. 에릭 핸더슨 특수작전 과장님께.

CIA 특작과 소속 데이브 알데하임은 일신상의 사유로 2017년 1월 27일 오전 9시를 기해 퇴사를 신청합니다.

부디 제 요청을 수락하여 주시기 바랍니다.

지급받은 장비와 신분증은 최대한 빨리 반납하겠습니다. 그간 감사했습니다.

— 데이브 알데하임

지이잉! 지이이잉—!

문자를 보내고 얼마 지나지 않아 휴대폰이 진동한다.

집결지로 출발도 안 하고 갑자기 이게 무슨 개소리야?

그리고 사표를 문자로 보내?

이게 상관에 대한 예의인가?

즉시 튀어 와서 정식으로 보고해!!!

척 보니 살짝 화가 난 듯하다.

이에 데이브는 벌거벗은 본인의 하체와 설사 똥으로 범벅이
된 화장실 사진을 찍어 전송했다.

*보다시피 바지에 똥을 쌌습니다. 여분의 옷은 없구요. 그래서
못 갑니다. 사표나 수리하십시오.*

에릭 핸더슨 특작과장은 더 이상의 반응이 없었다.

오늘은 하인스 킴 납치 작전을 위한 집결일이다. 하여 흩어
져 있던 대원들이 출발했는지를 확인하는 전화를 걸었다.

그런데 아무도 출발하지 않았다. 아니 못했다.

모두 복통 또는 설사 때문에 올 수 없는 상황이다. 데이브
는 아예 바지에 지려서 못 오게 되었다.

각기 다른 곳에 있었는데 어찌 한 날, 한 시에 배탈이 났는
지는 알 수 없다.

이번 작전은 최소한의 장비와 최소한의 짐으로 실시한다.
그리고 행동반경을 엄격히 제한했다.

하인스 킴이 납치되면 당장 세계의 이목이 쏠린다.

하여 조금의 흔적도 남기지 않기 위해 식사도 하루에 두 끼
만 먹는데 포장지는 식사 후 소각하도록 했다.

의복도 입고 있는 것 이외엔 없다. 여벌 팬티도 없어서 매일 입었던 것을 세탁하도록 했다.

데이브는 팬티와 바지가 엉망이다. 집결지로 가려면 부랄 덜렁거리는 모습으로 이동해야 한다.

이번 대국을 보기 위해 수많은 사람들이 모여 있는데 그런 모습으로 다니면 금방 눈에 뜨인다.

CIA 특수요원이 이런 모습으로 다녔다는 게 알려지면 국제적인 망신이 된다. 변태 취급은 당연한 일이다.

특작과장 에릭 핸더슨은 이 작전을 지시한 대니얼 러셀 국무부 차관보에게 다음과 같은 문자를 보냈다.

대원들 전원이 복통 및 설사 때문에 오늘 합동점검은 불가합니다. 이 상태가 계속되면 작전은 연기해야 합니다.

상황이 개선되면 다시 연락하겠습니다.

대니얼 러셀은 이 문자를 확인하지 못한다. 집무실 바닥에 뇌사상태가 되어 부들부들 떨고 있기 때문이다.

전신 근육이 경련하듯 물결치는가 하면 장딴지 근육이 돌처럼 딱딱해진 상태이다.

영혼 고문이 시작된 것이다.

무협소설에 등장하는 분근착골(分筋搾骨)은 근육이 찢기고, 뼈를 쥐어짜는 듯한 고통을 느끼게 하는 고문 방법이다.

이를 견딘다는 것은 절정고수라 해도 불가능한 것으로 묘사된다. 물리적인 고통의 끝이라 여기기 때문이다.

그런데 대니얼 러셀의 영혼이 겪고 있는 건 분근착골 정도는 장난이라 할 정도로 강력하다.

흔히들 상상은 끝이 없다고 한다.

영혼이 겪는 고통 또한 그 끝이 없다. 말로 형용할 수 없을 무지막지한 통증 때문에 부들부들 떨고 있는 것이다.

이러다 사망하면 영혼에 새겨진 고통 때문에 천금과도 같은 환생 기회가 와도 포기한다.

다시 태어나는 것이 너무도 무섭기 때문일 것이다.

어쨌거나 절대로 까불면 안 될 사람에게 무례를 범했고, 앙심을 품었으며, 해를 끼치려 했다.

아울러 부려선 안 될 사적인 재물 욕심까지 부렸다. 그래서 이런 처벌을 받는 것이다.

부들부들 떨고 있는 대니얼의 바지가 축축하게 젖는가 싶더니 심한 악취를 뿜는다.

소변과 대변을 한꺼번에 지린 것이다.

똑, 똑—!

"차관보님! 아까 말씀하셨던 팩스…. 어맛…? 으아악—!"

대니얼의 비서는 너무도 놀라 주저앉는다. 그리곤 들고 있던 서류들을 내동댕이치고는 화들짝 물러난다.

요즘 들어 뇌사상태로 발견되는 사람들이 갑자기 늘었다.

비서는 전염될까 두려웠는지 그대로 국무부 건물 밖으로 튀어나가더니 택시에 올라탄다.

그리곤 뒤도 돌아보지 않고 그대로 출발시켰다. 아마 당분간은 이 건물로 되돌아오지 않을 것이다.

돌봐야 할 아이들이 있기 때문이다. 그래도 한때나마 같이 근무했던 상사인지라 일단 911에 전화는 건다.

상대는 이런 전화를 많이 받았는지 전혀 놀라지 않았고, 뇌사자의 위치와 상태 등을 묻는다.

아는 대로 대답을 하는데 룸미러를 통해 택시기사가 불안한 눈빛을 보인다. 당장이라도 차를 세울 것 같다.

아마도 전염될까 두려운 모양이다.

"나는 그냥 보기만 했어요. 그리고 곧바로 나왔구요. 뇌사자와 전혀 접촉하지 않았다구요. 그러니 그냥 가요."

이런 일은 국무부 건물에서만 일어나는 일이 아니다. 뇌사자는 거의 모든 주요 관공서와 주택 등지에서 발견된다.

백약이 무효이고, 원인이나 치료 방법 또한 전혀 알지 못한다. 뇌사인데 근육경련이 일어나는 이유도 모른다.

이런 상태로 2~3일 정도 있다가 숨이 끊길 뿐이다.

겁 많은 미국인들은 뇌사자를 발견하면 일단 도망부터 친다. 그리곤 911이나 경찰에 연락하는 것이다.

하루에도 몇 번씩 출동하는 대원들은 전원 항균 방역복을 입고 간다. 신종 감염병 상황 시 사용하는 레벨 B등급이다.

간이 우주복에 자가 산소통이 있는 것이다. 최상의 호흡기 보호기능이 있다고 보면 된다.

상당히 비싸지만 뇌사자를 운반하다가 혹시라도 전염될까 싶어 아무도 출동하려 하지 않자 내어준 것이다.

워싱턴 D.C에선 유난히 많은 뇌사자가 발견된다. 상원의원, 하원의원, 고위관료와 군인 등이 많기 때문이다.

갑자기 뇌사자가 속출하자 겁을 먹은 시민 상당수가 도시를 떠났다. 일자리도 중요하지만 본인과 가족의 목숨이 훨씬 더 중요하기 때문이다.

도시를 떠난 이들은 대부분 인적이 드문 곳으로 향한다. 상황이 잠잠해질 때까지 스스로를 격리하려는 목적이다.

다행스럽게도 땅덩어리가 큰 데다가 인적 드문 곳이 널려 있는 것이다. 시골에 가면 가장 가까운 집이 20㎞ 이상 떨어진 곳들도 많다.

미국에는 콘벨트라는 곳이 있다.

아이오와, 일리노이, 네브래스카, 미네소타 주를 중심으로 넓게 분포된 곳이다. 이곳에서는 매년 약 3억 7,000만 톤의 옥수수를 생산하고 있다.

미국 국토면적의 4분의 1 정도이니 대한민국 전체보다 훨씬 광활한 곳이다.

그런데 미국의 옥수수는 남성 평균 신장보다 크게 자란다.

그래서 그 끝이 보이지 않을 정도로 드넓은 이곳에 잘못 발을 들이면 길을 잃고 헤매다 목숨을 잃을 수도 있다.

이 중엔 옥수수 미로(corn maze)라는 곳이 있다.

어마어마하게 넓어서 들어갔다가 못 나오는 사람이 속출한다. 그리고 상당수가 목숨을 잃는 곳이다.

하여 입구에 다음과 같은 팻말을 달아놓았다.

만일 당신이 길을 잃어도 당황하지 말고 침착하십시오.

우리는 매주 목요일 아침마다 구조팀을 보냅니다.

… 〈중략〉 …

3분의 2 정도는 구조됩니다.

길을 잃고 헤맨 사람 중 30~40%가 목숨을 잃는다는 뜻이다. 이쯤 되면 관광 상품이 아니다.

아무튼 미국엔 이런 동네들이 널려 있다. 따라서 가장 가까운 이웃이 20㎞나 떨어져 있는 것이 전혀 이상하지 않다.

차관보의 비서는 금방 집에 당도했다. 안에 들어가자마자 서랍들을 열고는 짐을 꾸린다.

이제 곧 아이들이 귀가할 시간이다. 오면 바로 고향으로 출발할 생각이다. 여긴 불안해서 살 수 없는 것이다.

비서의 집은 콘벨트 중심부에 있다. 가장 가까운 이웃을 만나려면 차로 30분 이상 달려야 하는 완전 깡촌이다.

아무것도 할 수 있는 것이 없어, 마치 시간이 멈춘 것 같은 것이 지긋지긋해서 떠났다.

그런데 지금은 돌아갈 시간이다. 그곳만큼 안전한 곳은 없을 것이기 때문이다.

대니얼의 비서 로라는 오래전에 집을 떠났다. 그리고 상당기간 연락을 하지 않았다.

부모님은 돌아가시지 않았다면 아직도 같은 집에 살고 계실 것이다. 아무런 소식도 없이 결혼을 했고, 애를 둘이나 낳았지만 반겨주실 것이다.

바람이 나서 이혼한 남편은 교통사고로 죽었다고 할 생각이다. 부모님 모두 상당히 보수적이기 때문이다.

어쨌든 모든 짐을 꾸린 로라는 아이들을 기다렸다가 곧장 집을 나섰다. 그리곤 뒤로 안 돌아보고 아이오와로 향했다.

그리고 다시는 워싱턴 D.C로 돌아오지 않았다.

대니얼 러셀의 몸에서 소변과 대변이 나오던 그 순간 스르르 엎어지는 또 다른 인간이 있다.

조시 디린튼 국무부 차관이다. 차관은 회의 중이었다. 그런데 갑작스레 엎어지더니 뇌사상태가 된 것이다.

"헉! 조시! 조시…!"

국토안보부(DHS) 소속 제이슨 빌링턴 요원은 회의 중 엎어진 조시 디린튼의 몸을 흔든다.

그러자 힘없이 의자 아래로 굴러떨어진다.

바닥에 누워버린 조시 디린튼을 본 제이슨은 화들짝 놀란 표정이다. 얼굴은 무표정한데 전신에서 경련이 일어나기 시작한 걸 본 것이다.

"헉! 뇌, 뇌사…? 으아아아─!"

와당탕! 쨍그랑! 와장창창─! 콰앙─!

놀라서 튀어나가려던 제이슨으로 인해 커피 잔이 떨어지면서 깨졌고, 의자가 자빠졌다.

그리고 문을 열려다 너무 서두르는 바람에 다른 의자에 부딪쳐서 큰 소리가 났다. 그러거나 말거나 얼른 열고는 밖으로 튀어나가면서 소리친다.

"뇌사자 발생! 뇌사자 발생! 뇌사자 발생─!"

느닷없는 소리에 고개를 돌렸던 사람들은 제이슨의 고함에 화들짝 놀라더니 일제히 자리에서 일어난다. 그리곤 뒤도 돌아보지 않고 사무실 밖으로 튀어나간다.

전염되면 혼자만 죽는 게 아니라 가족 또는 연인까지 희생되기 때문이다.

직원들이 사라진 사무실 안엔 흩어진 서류들만 즐비했다.

이로써 현수에게 위해를 획책했던 두 놈에 대한 처벌이 끝났다. 36명의 특수요원들은 이틀 정도 더 설사를 해서 기진맥진해야 설사에서 벗어날 수 있을 것이다.

그때가 되면 엉금엉금 기어다녀야 할 것이고, 임무 따윈 까맣게 잊을 것이다.

한편, 2차 합동 공연은 계속되고 있었다.

"와아아아아아아아아!"

짜짝짝짝짝짝짝짝짝짝짝짝짝짝!

"휘이익! 휘익! 휘이이이이익—!"

누군가의 휘파람 소리가 길게 이어지는 동안 모든 관객이 박수갈채를 보냈다.

현수가 피아노로 연주한 '그대 내 마음에 들어오면'이란 곡이 가슴을 울린 모양이다.

"다음은 인연이라는 곡입니다. 한국의 이선희라는 가수의 곡이죠. 이곡은 대금으로 연주할 건데 이 악기는…"

잠시 대금에 대한 설명을 마친 현수는 살짝 비스듬히 앉았다. 관중석 끝까지 소리가 잘 퍼져나가게 하기 위함이다.

삘리 삘리리 삘리리리~

현수는 대금 선율에 처연함과 짙은 고뇌, 그리고 고독함과 슬픔을 담았다. 그러자 관객들의 눈이 스르르 감긴다.

청신경을 자극하는 음률이 옛 생각을 떠올리게 한 때문이다. 그래서 그런지 연주가 계속되는 동안 눈물을 훔치는 관객들이 점점 더 많아졌다.

짜짝짝짝짝짝짝짝—!

연주가 끝나자 관객들은 기립박수를 보냈다.

아까와 같은 환호와 휘파람 등이 없는 이유는 가슴에 멍울

져있던 아픈 기억이 희미해지고 있었던 때문일 것이다.

박수가 계속되는 동안 스태프가 팬파이프를 가져다 놓는다. 팬플루트라고도 하는 이 악기는 고대 그리스에서 시작되어 여러 나라로 전파된 것이다.

"다음 곡은 페루의 민요에서 파생된 '엘 콘도 파사' 입니다. 사이먼 앤 가펑클이 노래하여 널리 알려진 곡이죠."

현수가 악기를 들자 일제히 시선을 모은다.

띠, 띠리 띠리 띠리 따리리~ 띠리리~ 띠리띠리리~

이번 음색과 멜로디도 만만치 않다.

하여 관객들의 마음속 아주 깊숙한 곳에 간직된 시리도록 아픈 기억과 서글픔 등이 천천히 융해되고 있었다.

참고로, 융해(融解)는 녹아서 풀어진다는 뜻이다.

안드레 류 오케스트라가 언제부터인가 합주를 하고 있었지만 이를 자각한 관객은 거의 없다.

누구나 가진 감성을 건드리고 있었기 때문이다.

어제와 오늘 공연은 아주 오랫동안 인구에 회자된다. 그야말로 완벽한 치유 공연이기 때문이다.

육체적 질병뿐만 아니라 심리적, 정신적 고통과 회한, 부담감, 억울함, 스트레스 등 모든 부정적인 요소들을 말끔하게 해소시켜준 공연이라는 평가이다.

혜택을 입은 자들은 상당히 많다.

먼저 어제오늘의 관객 2만 7,134명과 안드레 류 오케스트라 관련자 144명이 혜택을 입었다.

이번 공연의 모든 준비와 진행을 맡은 아일랜드 데프 잼 레코딩스의 임직원 84명도 대상에 포함된다.

아울러 원활한 진행을 위해 안내, 청소, 정돈을 맡은 317명의 임시 직원들도 있다.

이밖에 다이안과 플로렌, 그리고 윌리엄 그로모프 등도 당연히 혜택을 입었다.

Y-엔터의 아티스트와 스텝들도 있다.

공연장 주변 정리와 청소를 맡은 리조트 직원들도 빼면 안된다. 하여 총 2만 8,000명 정도가 기적을 경험하니 상당히 오랫동안 이 공연에 관한 이야기가 전해지는 것이다.

물론 메인 호스트가 이실리프 왕국의 국왕이었다는 것이 더 큰 이유이기는 하다.

세상에 어떤 나라 국왕이 대중들을 상대로 공연을 하겠는가! 유사 이래 단 한 번도 없던 일이다.

아무튼 공연은 계속되었다.

예상했던 대로 앵콜 연호가 그치지 않아 다이안이 다시 등장하여 불렀던 곡을 또 부르는 해프닝이 일었다.

이미 발표된 곡을 다 불렀기에 무엇을 부를까라고 물었을 때 이구동성으로 To Jenny와 First Meeting을 연호했다.

이에 다이안은 5인조 밴드로 변모하여 본인들의 노래를 열창했다. 지금껏 보여주지 않았던 모습인지라 관객들 모두 깜짝 놀랐고, 열화와 같은 성원을 보냈다.

서연은 플루트와 클라리넷, 연진은 퍼스트 기타, 정민은 베이스 기타, 세란은 피아노와 신시사이저, 예린은 드럼을 맡았는데 그 솜씨가 수준 이상이었다.

당장 5인조 밴드로 활동해도 될 정도였는데 피나는 노력의 결과인지라 모두가 열광적인 박수갈채를 보냈다.

하여 영국의 유력 매체인 가디언(The Guardian)에서는 다음과 같은 제호로 기사를 냈다.

지구 최고의 여성 5인조 밴드
다이안의 새로운 발견!
이런 보석을 세계는 몰랐다.

기사 내용은 물론 찬사 일변도이다.

권위 있는 음악 관련 매체인 영국의 NME(News Musical Express)에서도 다음과 같은 제호로 극찬을 아끼지 않았다.

The Dian!
놀라운 재능을 가진 우리가 미처 몰랐던 새로운 밴드!!

가디안과 NME 외에도 상당히 많은 매체에서 다이안의 밴드 공연에 박수갈채를 보냈다. 단 한 번의 실수도 없는 완벽한 연주와 하모니를 보여준 결과이다.

공연의 마지막은 Peter, Paul & Mary의 'Lemon tree'와 'Puff, the magic dragon'이 장식했다.

특히 동요에 가깝다 평가되는 퍼프를 부를 땐 온 관객이 다 일어나 거대한 합창을 했다.

관객들의 호응에 신이 난 안드레 류는 이 노래를 돌림노래가 되도록 하여 컨벤션센터를 마치 용광로처럼 뜨겁게 달아오르게 하였다.

게다가 연속으로 4번이나 연주하여 관객들을 기진맥진하게 하였다. 그래 놓고는 개구진 웃음을 지어보였다.

역사에 길이 남을 성공적인 공연은 이렇게 마감되었다.

이날 저녁 현수는 수고한 모든 스태프들에게 성대한 만찬을 베풀었다. 그리곤 각자에게 꼭 필요했던 것들을 기념으로 안겨주었다.

예를 들어, 안경테가 부러진 이에겐 부러뜨리려 애써 노력하지 않는 이상 망가질 염려 없는 새 안경테를 선사했다.

시력이 나빠지지 않게 하는 특수 렌즈는 덤이다.

충치 때문에 고생했던 이에겐 치과 치료를 알선해주었다.

치유마법을 통해 치아우식(齒牙齲蝕)[4] 이 멈추고, 통증은 사라졌지만 이미 썩은 것은 원상회복이 안 되기 때문이다.

학자금 융자 때문에 공부 대신 아르바이트를 해야 했던 어

---

4) 치아우식(齒牙齲蝕) : 치아 조직이 세균에 의해 용해되거나 파괴되어 점차 통증을 일으키다가 치아를 잃게 되는 불가역적 질환

떤 학생은 전액 장학 증서를 받았다.

어려운 형편 때문에 결혼식 꿈도 못 꾸던 커플에겐 리조트 예식장 이용권이 주어졌다. 3박 4일 무료숙박권과 하객들을 위한 뷔페가 딸린 것이다.

어쨌거나 2차 공연 뒤풀이는 즐거웠다.

다음 날 하루를 온전히 쉬도록 하자 늦은 밤까지 신나게 먹고, 마시고, 노래하고, 춤을 췄다.

파티가 끝난 후 현수 일행은 해변 저택으로 향했다.

지윤과 밀라, 올리비아, 이화, 아델리나가 동행했으며, 다이안과 플로렌 멤버들도 모두 함께했다.

이들은 공연과 파티 때문에 몹시 피곤했는지 곧장 잠자리로 향했다. 현수도 침실로 들어갔는데 김지윤이 따라왔다.

"왜…?"

"같이 자요."

"……?"

현수는 무슨 뜻이냐는 표정을 지었다.

"밀라랑 올리비아가 오늘 당신을 덮칠지도 몰라서요."

"둘이…?"

"네! 어제, 오늘 자기야가 한 공연을 보고 마음 단단히 먹은 거 같아요."

"……?"

또 무슨 뜻이냐는 표정이다.

"자기야에게 안 반할 여자가 있을까요?"

"뭔 소린데?"

"너무 멋지잖아요. 돈 많고, 똑똑한 데다 악기까지…."

"알았어. 같이 자."

샤워를 마치고 잠시 창밖 풍경에 시선을 주고 있을 때 욕실 문이 열린다. 그리곤 엄청 섹시한 다리가 먼저 나온다.

샤워 타월로 아슬아슬하게 가린 지윤은 스스럼없이 현수의 곁으로 다가가더니 그의 어깨에 머리를 기댄다.

"피곤하지 않아요?"

"나? 난 괜찮아."

"그래도 쉬셔야죠. 침대로 가요."

살짝 팔을 잡아당기기에 못 이기는 척 따라갔다.

똑, 똑—!

"누구…?"

"밀라예요."

지윤이 말했던 대로 덮칠 만반의 준비를 했을 것이다. 하여 뭐라 대꾸할까 할 때 지윤이 먼저 입을 연다.

"밀라? 우리 자기는 몹시 피곤하시대."

"……!"

대꾸가 없다. 지윤이 먼저 들어와 있을 거라고는 생각을 못 했던 모양이다.

밀라는 오늘 탱크처럼 무조건 밀고 나갈 생각이었다.

그러기 위해 정성스런 마음으로 꼼꼼하게 샤워했고, 섹시해 보이는 짧은 원피스를 입었다. 속옷은 생략이다.

오늘 밤 반드시 거사를 치르고야 말겠다는 굳은 결심은 덤이다. 그러곤 현수의 방문을 두드린 것이다.

문이 열리면 와락 안겨들 생각이었다.

남자들은 푹신하면서 뭉클한 느낌에 약하다는 걸 어디선가 본 기억이 있었던 것이다.

그렇지만 조마조마한 마음이었다.

밀라는 한 살 때 어머니를 여의었다. 급성심근경색이 원인이다. 아빠 또한 2년 전에 돌아가셨다.

그나마 외삼촌이 있어 아주 외롭지는 않다. 덕분에 공부를 계속할 수 있었지만 친부모가 아니라 살짝 마음 쓰였다.

하여 공부에 매진했다. 훌륭한 사회인으로 성장하여 언젠가는 신세진 것에 대한 보답을 하고 싶어서이다.

그래서 다른 데 눈 돌리지 않고 오로지 학교와 도서관만 오갔다. 그 결과 키예프 대학교 경제학과에 진학할 수 있었다. 한국으로 치면 서울대학교에 해당한다.

졸업 후엔 곧바로 공무원 임용시험에 응시했고, 가장 우수한 성적을 거둬 대통령 비서실 인턴이 되었다.

밀라는 많은 것들을 포기하면서 성장했다. 화장하는 것, 예쁜 옷을 입는 것, 친구들과 수다 떠는 것 등이다.

드라마나 영화, 가수에도 일체 관심을 가지지 않았다.

아내를 일찍 잃은 아빠를 위해 빨래, 다림질, 청소, 정리정돈, 장보기, 요리, 설거지 등을 해야 했기 때문이다.

그래서 변변한 이성 친구 한 번 못 사귀어 봤다. 비교적 개방적인 서양이지만 거의 유교 소녀로 성장한 것이다.

그런데 속옷도 안 입고 남자 혼자 있는 방으로 왔다. 깊은 밤이고, 파티 내내 음주를 한 사내의 침실이다.

이게 어떤 의미인지 모를 사내는 아마도 없을 것이다. 문이 열리기만 하면 순결을 잃을 것이다.

그래도 그걸 원하기에 이곳에 왔다. 그런데 문 앞에서 돈좌(頓挫)되었다.

돈좌란, 기세 따위가 갑자기 꺾이는 것이다. 일이나 계획이 갑자기 틀어질 때에도 사용되는 어휘이다.

Chapter 06

—

우리 같이 자요

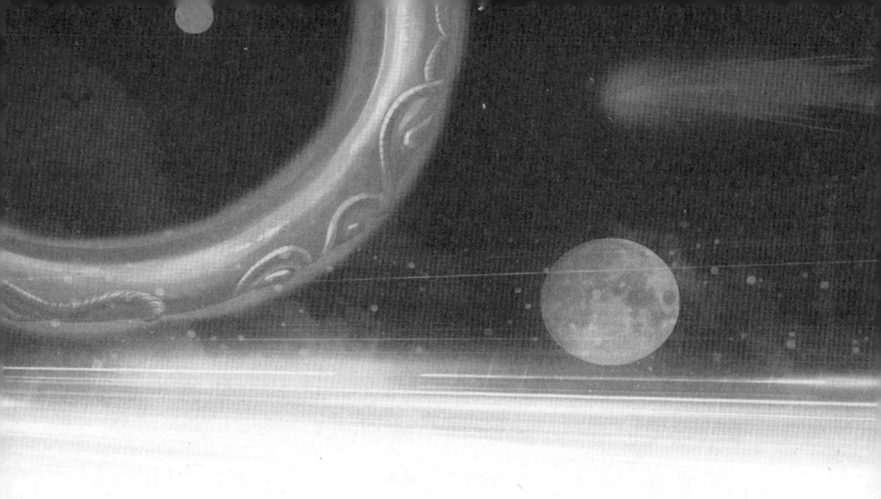

밀라는 망연자실한 표정이 되었다.

룸 안의 김지윤은 곧 왕비가 된다. 자신도 하인스 킴의 여인이 될 예정이기는 하지만 확실한 것은 아니다.

그러기로 했을 뿐 확실한 증표 같은 것은 없다.

딱 한 번 키스를 했을 뿐이다. 그것만으론 미진하다. 하여 오늘밤 기필코 도장을 받으려 했는데 다 틀렸다.

내명부(內命婦) 수장이 먼저 침실에 들어가 있으면 무조건 물러나야 한다.

그게 후궁 될 사람의 도리이다.

그러지 않으면 언제 어떤 후환을 당할지 알 수 없다. 들어가 보지도 못한 내명부에서 쫓겨날 수도 있다.

현재의 우크라이나는 언제 러시아의 침공을 받을지 알 수 없다. 2014년에 3월에는 크림반도를 빼앗겼다.

지금도 영토 동쪽에선 총성과 포연이 그치지 않고 있다.

아빠는 외삼촌 대신 내전 상황을 살피러 갔다가 영영 돌아오지 못하는 불귀(不歸)의 객(客)이 되었다.

다행히 현재는 소강상태로 접어들었지만 언제든 전국적으로 확전될 수도 있다.

그러던 차에 하인스 킴이 방문하였다.

본인이 발명한 방사능 정화 장치로 체르노빌의 극심한 방사능 오염을 해결해주러 온 귀빈이다.

대통령인 외삼촌의 명을 받고 동행하는 동안 그 효능을 확실히 인지하였다. 아무도 해결하지 못했던 것을 희대의 천재가 확실하게 해결하고 있었던 것이다.

얼마 후 대통령과 면담이 있었다.

그 결과 키예프와 지토미르 주의 방사능 오염지역과 체르니히우와 수미 주를 조차해주기로 하였다.

알다시피 방사능으로 오염된 땅은 아무짝에도 쓸모가 없을 뿐만 아니라 거기서 무엇을 한다는 건 미친 짓이다.

돈은 물론이고, 목숨까지 잃을 수 있는 일인 것이다.

한편, 러시아에서도 영토를 조차 받았는데 브란스크와 벨고로드, 그리고 쿠르스크와 오룔 주가 그 대상이다.

앞에 언급된 곳들은 서로 접해 있다.

그래서 슬라브 3국으로부터 조차받은 땅에 왕국이 들어서면 우크라이나는 직접적인 전쟁 위험으로부터 해방된다.

하인스 킴의 왕국이 중간에 끼게 되기 때문이다.

현재 정부의 통제를 벗어나 있는 루간스크 공화국과 도네츠크 공화국이 있는 지역은 다시 장악할 수 있게 된다.

방사능 오염을 해결해주고, 러시아의 위협을 차단해주며, 잃어버릴 것이 뻔한 영토를 되찾게 되는 것이다.

이를 현실로 만들기 위해 이제 겨우 25세인 본인을 공사급 외교관에 임명하고, 정부 연락관으로 파견했다.

현직 대통령인 외삼촌은 본인을 몹시 아낀다.

하나밖에 없던 여동생의 딸이고, 매제는 본인 대신 전장을 살피러 갔다가 전사했으니 사람이라면 당연한 일이다.

어쨌든 본인은 미인계의 일환으로 파견되었다.

우크라이나엔 미녀가 정말 많다. 오죽하면 한국에서 장모님의 나라라 불리겠는가!

그 많고 많은 미인 중에서 본인이 선택된 이유는 가장 믿을 만했기 때문일 것이다. 똑똑한 것과 웬만한 수준의 미모 또한 감안되었을 것이다.

대놓고 말은 안 했지만 현수와 깊은 관계를 맺어서라도 나라를 위해 일해주기를 바란 것이다.

밀라는 기꺼이 그럴 마음을 품었다. 하인스 킴은 돈은 많은

데 성질 사나우며, 배 나온 늙은이가 아니다.

젊고, 건강하며, 똑똑하고, 현명하며, 준수하며, 너그럽다.

게다가 여러 수식어로도 금방 설명할 수 있는 존재가 아니다. 여자로서 어찌 끌리지 않겠는가!

세상에서 가장 잘난 수컷이니 당연히 수태(受胎)하고자 하는 본능이 샘솟듯 솟아난다.

처음엔 몰랐는데 지금은 거의 상사병 때문에 매일 밤 끙끙대는 수준이 되었다.

아이러니하게도 현수가 김지윤을 대하는 매너를 보고 저도 모르는 사이에 사랑에 빠져버린 것이다.

하여 더 이상 재지 않고 덮치기로 마음먹었다.

성공하든 실패하든 버림받을 수 있음을 알지만 일단 저질러야 나중에 후회하지 않을 것 같았다.

하여 굳은 결심을 하고 왔는데 안에 내명부 수장이 떡하니 버티고 있다. 어찌하겠는가!

조용히 물러섰다. 그래야만 한다.

한편, 문틈 사이로 사태의 추이를 살피던 올리비아는 돌아선 밀라가 고개를 좌우로 흔드는 걸 보곤 조용히 문을 닫았다. 오늘도 날이 아닌 것이다.

한편, 침실의 김지윤도 심사가 복잡하다. 사랑하는 사내 곁에 너무 예쁜 여자들이 많기 때문이다.

조인경과 설이화가 동양 최고 미인이라면 밀라와 올리비아,

그리고 아델리나는 서양 최고의 미인들이다.

밀라는 '여인의 향기'에서 탱고를 추었던 가브리엘 앤워, 올리비아는 '킹콩'의 나오미 왓츠, 아델리나는 '갓 오브 이집트'에서 자야 역을 맡았던 코트니 이튼 스타일이다.

셋 다 각각의 영화에서 가장 아름다웠던 모습일 때와 흡사한 것이다. 아니 오히려 조금 더 낫다.

미모와 몸매가 빼어날 뿐만 아니라 학식까지 만만치 않기 때문이다.

그래서 그런지 가브리엘 앤워와 나오미 왓츠, 그리고 코트니 이튼에게선 느낄 수 없는 '문자향 서권기'가 느껴진다.

하긴 각각의 나라에서 수재 소리를 들었던 여인들이다.

현재 밀라와 올리비아, 그리고 아델리나는 한국 드라마를 통해 '애교'라는 걸 배우고 있다.

본래 목적은 빠르게 한국어를 익히기 위함이다. 그런데 조연이 주연을 넘어서고 있는 중이다.

공부만 하던 절세미녀들이 애교는 물론이고, 뇌쇄적인 눈빛과 요염한 몸짓까지 장착하기 시작한 것이다.

사내들이란 여우짓 하는 미녀의 꾐에 아주 잘 넘어간다. 오죽하면 구미호의 전설이 생겼겠는가!

이것 역시 조상들이 남긴 '애교부리는 여자를 조심하라.'는 교훈의 일환일 것이다.

본인이 가장 먼저 회임(懷妊)하는 것이 가장 좋다. 기왕이면 국본이 될 영특한 왕자를 생산했으면 한다.

그러려면 반드시 하늘의 별을 따야 한다. 하여 여러 번 동 침을 시도했다.

그런데 좀처럼 곁을 내주지 않았다.

혹시 신체에 문제가 있나 싶었지만, 전혀 그런 것 같지는 않 다. 오히려 매우 건강하고, 정열적이다.

지윤이 알고 있는 현수의 나이는 32세이다. 한창 혈기왕성 할 나이인데 어찌 저리도 자제력이 강할까 싶다.

부모에게 결혼 승낙은 받았지만 첫날밤은 결혼을 해야 경험 할 듯 싶다. 강철 같은 자제력이다.

본인은 누가 봐도 빼어난 미인이다.

E—GR을 복용한 후엔 미모에 물이 올라도 너무 올라서 톡 하고 건드리면 이내 터져버릴 듯할 정도이다.

이 정도면 당연히 정신없이 빠져들어야 함에도 현수는 마 치 득도한 고승처럼 늘 일정한 거리를 유지하고 있다.

그리고 보니 성적으로 흥분한 모습을 본 적이 없다.

겉보기엔 청년이지만 속은 4,000살이 넘은 현자이다. 아무 리 섹시한 여인을 보더라도 쉽게 흥분하지 않는다.

이미 수많은 여인들을 섭렵했기 때문인 것도 있다.

지구뿐만 아니라 아르센과 콰트로, 그리고 마인트 대륙에 서 거두었던 여인들이 얼마나 많았던가!

다들 천하절색이었는데 결혼 기간이 어마어마하게 길었다.

수십 명의 미녀들과 1,000년 넘게 사랑하면서 해볼 걸 다 해 봤다. 하여 더 이상 궁금할 것이 없다.

이러니 지윤을 보고도 자제력을 유지하는 것이다.

아무튼 오늘 밤 지윤의 목표도 하늘의 별을 따는 것이다.

그렇기에 샤워를 한 후 속옷 없이 샤워 타월로 감고 나왔 다. 이제 실수한 척 떨어뜨리면 알몸이 드러난다.

그 다음엔 뭐가 어떻게 되든 괜찮다.

상대가 현수이기 때문이다. 하여 슬쩍 끄트머리를 느슨하 게 하였다. 이제 일어서기만 하면 된다.

"안 잘 거예요?"

"자야지."

"하~암! 전 오늘따라 졸리네요."

짐짓 하품을 하곤 자리에서 일어났다. 그러자 샤워 타월이 스르르 흘러내린다. 이 순간 현수의 입술이 달싹인다.

현수가 어찌 앙큼한 속셈을 모르겠는가! 하여 유리창에 반 사되고 있는 걸 보고 재운 것이다.

"슬립―!"

"…쿠울―!"

자고 일어나면 지윤은 이불킥을 한다. 또 절호의 기회를 놓 쳤다고 생각할 것이기 때문이다.

한편, 현수는 조심스레 지윤의 몸을 안아 침대에 눕히곤 이 불을 여민다.

"미안해! 조금 더 있다가…."

지윤이 어떤 마음인지 충분히 짐작하지만 이제 곧 국가를 선포할 예정이다. 그러니 유의해야 한다.

국왕과 왕비가 속도위반을 하면 사서에 기록된다. 게다가 초대 국왕이다. 국가의 상징이나 다름없는 존재이다.

그렇다면 더더욱 흠이 없어야 한다. 그렇기에 지윤의 마음을 뻔히 알면서도 번번이 무산시킨 것이다.

현수는 해변으로 나가 한참을 서 있었다. 별다른 소음이 없는 심야인지라 파도 철썩이는 소리가 제법 컸다.

계절이 그래서 그런지 바람이 서늘해서 물에 들어갈 생각은 하지 않았다.

참고로, 새벽 3시 기온은 20℃이다.

현수는 먼바다만 멍하니 바라보고 있다가 문득 무엇을 떠올렸는지 서둘러 그늘막 안으로 들어간다.

요즘은 상대적으로 서늘해서 그런지 사용하지 않는 듯 말끔하게 치워져 있다.

이곳은 해변으로부터 약 20m밖에 떨어지지 않았고, 사방이 유리창으로 둘러싸인 곳이다.

현재는 아무도 없으니 적막만 감돌고 있다.

"폐하! 왜 침소에 안 드시고 이곳으로 오신 건지요?"

도로시답지 않게 조심스런 질문이다. 현수의 현재 심사를 짐작할 수 없기 때문일 것이다.

말은 이렇게 했지만 속으론 엄청난 연산 중이다. 무엇 때문에 이곳으로 왔는지 계산하는 것이다.

김지윤, 밀라, 올리비아, 설이화, 아델리나, 그리고 다이안과 플로렌 멤버 전원이 각각 룸 하나씩 차지하고 있음에도 저택엔 빈방이 남아있다.

청소를 안 했거나, 정돈이 안 된 것은 아니다.

관리책임자인 에밀리아 노울스와 딸인 헤스티아 노울스가 매일매일 청소하고 확인하기 때문이다.

모든 집기는 제자리에 놓여 있고, 침구는 늘 정갈함을 유지한다. 냉장고 안의 음료들은 유통기한까지 확인한다.

바닥은 매일 진공청소기로 빨아들여 먼지 한 점 없다.

이 저택엔 모녀 이외에도 임시직이긴 하지만 정규직 못지않은 대우를 받는 아홉 명의 직원이 더 있다.

그래서 늘 최하 6성급 호텔 수준으로 유지되고 있다. 하여 호텔처럼 룸서비스까지 가능하다.

언제든 먹고 싶은 식음료를 주문만 하면 즉각 대령한다.

오늘은 제법 많은 양의 술을 마셨다. 그렇지만 취기는 전혀 없다. 괜히 슈퍼 마스터겠는가!

아무리 독한 술이라도 현수를 취하게 할 수는 없다. 신체가 알코올을 독으로 간주하기 때문이다.

이렇듯 마시는 족족 해독되어 버리니 취하고 싶어도 그럴 수 없는 것이다.

어쨌거나 음주를 하면 배가 고프다. 얼큰한 라면 국물이 생각날 수도 있다. 그럼 룸에서 주문만 하면 된다.

그런데 그러지 않고 바닷가로 나온 게 의아한 것이다.

현수는 대답 대신 노트북 전원을 올렸다. 그리곤 뭔가를 검색한다.

"폐하! 무엇을 알고 싶으신지 말씀만 하시면 제가…."

웬일로 도로시의 말이 정중하다. 내심을 짐작하지 못해서 조심하는 중인 것이다.

한편, 동경 135~155°, 북위 32~45°는 '태평양의 거대한 쓰레기 구역'이라고 일컬어지는 곳이다.

한반도의 약 4배 면적인 이곳에는 엄청난 쓰레기가 떠돌고 있다. 이곳뿐 아니라 북대서양과 인도양에도 있다.

약 90%가 비닐과 플라스틱인 이 해양쓰레기들은 심각한 생태계 파괴를 야기시키고 있다.

해마다 100만 마리가 넘는 바닷새와 10만 마리가 넘는 바다 포유동물들이 죽어가는 것으로 추정된다.

그런데 쓰레기가 너무 많아 치울 엄두조차 내지 못하는 실정이다. 게다가 점점 더 면적이 늘어가고 있다.

거대 바다 쓰레기가 형성되는 것은 강력한 소용돌이 해류인 '자이어(Gyre)' 때문이다.

현재 북태평양, 남태평양, 북대서양, 남대서양, 인도양에는 거대한 아열대 자이어가 발생하고 있다.

인간이 버린 플라스틱이 하천과 강을 따라 바다에 도착하게 되면 자이어는 소용돌이를 통해 이 쓰레기들을 한곳으로 모으고 있는 것이다.

바다에 떠다니는 이 거대 플라스틱 쓰레기를 치우는 것은 대단히 어려운 일이다.

차라리 한곳에 뭉쳐 있으면 치우기 쉽겠지만 대부분의 플라스틱이 조각나있고 폭넓게 퍼져있다.

그 면적이 한반도의 4배나 되는 광활한 면적이다. 그래서 수거가 쉽지 않다.

너무 많은 시간과 기술, 그리고 돈과 인력 등을 요구하고, 어느 한 나라의 책임이 아니기 때문이다.

그렇다 하여 마냥 좌시만 하고 있을 수는 없다. 해양오염이 점점 더 심각해질 것이라서 그러하다.

이를 치우기에 앞서 우선적으로 할 일은 각국 해변에 널린 각종 쓰레기들을 수거하는 것이다. 원인 제거이다.

아울러 산과 들, 하천 등에 버려진 모든 쓰레기가 더 이상 바다로 흘러들지 못하도록 조치해야 한다.

미국, 영국, 프랑스, 호주, 한국과 같이 어느 수준 이상이 된 국가에선 충분히 제어할 수 있다. 그러나 당장 먹고 살기에도 바쁜 나라들에겐 심히 어려운 일이다.

"도로시! 생분해 플라스틱은 현재의 기술로 없어?"

참고로, 생분해는 박테리아, 균류, 다른 생물에 의해 화합물이 무기물로 분해되는 것이다.

"왜 없겠어요. 폴리락타이드(Polylactide)라는 게 있어요."

"아! 그거 기억난다. 젖산중합체 말하는 거지? 옥수수와 사탕수수 등의 전분을 발효시켜서 만드는 거."

"맞아요. 그거 되게 오래된 건데 기억력 좋으시네요."

현재의 인류에겐 신기술이지만 현수나 도로시에겐 효율이 너무 낮아 오래전에 폐기된 고대기술에 불과하다.

하여 뭐 이런 걸 다 기억하고 있었느냐는 뉘앙스였다.

"뭐, 아직은…. 내 기억력 괜찮지?"

"네! 엑셀런트하네요."

"그래! 근데 그거 6개월 안에 생분해된다던 거 맞지?"

"네! 그런데 100% 분해되려면 수분 70% 이상, 기온 58℃ 이상인 조건이 갖춰져야 하죠."

"맞아! 그래서 그냥 땅에 매립하면 안 된다고 했지."

이런 조건 때문에 폐기되었다는 기억이 떠오른 것이다.

"네! 그렇게 하면 수십 년이 지나도 안 썩죠."

"석유 원료 중 자연계에서 발견되는 부탄디올(BDO) 등의 물질을 합성해서 만드는 PBAT와 PBS는 특별한 조건 없이 토양에서 생분해되는 거 맞지?"

이것도 아주 오래전 기억이라 가물가물하다.

"와! 그것도 기억하세요? 생산원가가 비싸서 그렇지 잘 분해돼요. 장점은 열에 강하고, 유연하다는 거죠."

"그럼 바다 속에서 미역을 먹고 사는 미생물로 만드는 폴리 하이드록시 알카노에이트(PHA)는 어때?"

"PHA는 더 좋죠. 비싸서 그렇지 미생물이 있는 환경이면 어디서든 잘 분해돼요. 특히 바다에서는 6개월 이내에 100% 생분해되니 진짜 친환경 플라스틱이라 할 수 있죠."

"흐음! 생산 원가가 비싼 게 문제라는 거지?"

"넵—! 현재의 기술로는 그래요."

"그걸 우리가 생산한다면?"

"그야 당연히…"

도로시의 말은 중간에 잘렸다.

방금 언급된 것 이상의 기술은 이미 있다.

가장 발전된 모델이 바로 원소분해기이다. 무엇을 넣든 순식간에 원소 단위로 나누어진다.

예를 들어, 각종 과일과 채소에는 '카로티노이드' 가 있다.

천연 카로티노이드(Carotinoid)는 약 300여 종류가 있는데 탄소와 수소만으로 된 일종의 탄화수소를 카로틴 류, 산소까지 함유한 것은 크산토필 류로 구별하고 있다.

따라서 과일과 채소 쓰레기에선 탄소, 수소, 산소 등 다양한 원소들을 수집할 수 있다.

이에 필요한 에너지는 그리 크지 않다. 괜히 첨단기술이겠는가! 참고로 원소분해기는 A.D 3817년에 발명된 것이다.

현재로부터 1,800년 후의 기술인 것이다. 무엇을 넣든 각종 원소로 분해하는데 걸리는 시간은 약 30초이다.

이에 필요한 에너지는 내장된 배터리를 사용하거나 태양광 발전, 또는 핵융합발전으로 충당한다.

이런 원소분해기와 세트로 사용되는 것이 원소수집기이다. 분해된 원소들을 알뜰살뜰하게 분류해서 모아놓는다.

이 다음 단계가 바로 만능제작기이다. 수집된 원소들을 이용하여 필요한 것들을 제작한다.

하여 각종 쓰레기를 분해하여 연필, 안경, 만년필, 자동차, 비행기, 향수, 라면 등을 제작해낼 수 있다. 필요하다면 쇠고기나 돼지고기, 닭고기 등 각종 육류도 가능하다.

아무튼 만능제작기보다 크기가 작은 연필, 안경, 만년필 등은 곧바로 완성품을 만들어낸다.

한 덩어리가 아니라 부품별로 제작 가능한 것이다. 다시 말해 일반 공산품과 다름없는 결과물을 만들어낸다.

한편, 자동차나 비행기처럼 크기가 큰 것은 각각의 부품 또는 어셈블리(Assembly) 상태로 제작한다.

참고로, 어셈블리는 어떤 부품의 묶음 단위를 뜻한다.

만능제작기에 의해 만들어진 각종 어셈블리와 부품들은 일꾼로봇에 의해 조립되어 최종적으로 완성된다.

이 과정에서 들어가는 비용은 거의 없다.

서울 마포구 상암동에 위치한 하늘공원은 난지도 쓰레기

매립장을 덮어서 조성한 것이다.

이곳은 1978년부터 1993년까지 서울시에서 발생한 쓰레기가 매립되어 있다. 15년간 약 1억 1,000만 톤의 쓰레기를 수용했는데, 그 부피는 약 9,200만m³ 이다.

원소분해기와 원소수집기, 그리고 만능제작기를 이곳에 설치해놓고, 일꾼로봇들에게 매립된 쓰레기를 캐어내고, 운반하며, 각종 부품을 조립하는 일까지 맡긴다.

현수 입장에선 설치비용, 운반비용, 처리비용, 제조비용, 조립비용 전부가 무상이다.

따라서 거의 돈이 들지 않는 것이다.

이렇게 해서 만들어진 각종 물건들은 아공간 또는 포털 마법진에 의해 운반되니 물류비용도 거의 없다.

이 같은 방법은 '수도권매립지' 에도 적용될 수 있다.

참고로, 수도권매립지는 인천시 서구와 경기도 김포시에 조성되어 있는데 단일 매립지로는 세계 최대 규모이다.

이곳엔 매일 약 300만 톤에 달하는 생활 및 사업장 폐기물 등이 반입되고 있다.

상당히 많은 양이지만 그에 대응할 만큼 많은 원소분해기와 원소수집기, 그리고 만능제작기를 설치하면 그만이다.

아무튼 모든 쓰레기와 침출수까지 처리되고 나면 아무런 악취도 뿜지 않는 완전한 새 땅이 된다.

이곳에 물류창고를 지어 만능제작기로 만든 각종 제품들을 쌓아놓거나, 농사를 지을 수도 있고, 아파트 같은 주거시설을 건설할 수도 있다.

일거양득 정도가 아니라 일거십득은 충분한 일이라 하지 않을 수 없는 일이다.

"더 말하지 않아도 알았어. 그럼, 한국에서 필요로 하는 바이오 플라스틱의 총량은 얼마나 되는 거야?"

"대략 800에서 1,000만 톤쯤 될 거예요."

"OK! 공장 지어. 친환경으로!"

"넵! 근데 어디에요?"

"그것도 알아서 해. 그나저나 엘리디아 근처에 있지?"

말 떨어지기 무섭게 반응한다.

"물론이죠. 마스터! 제가 필요하세요?"

"그래! 정령들 동원해서 서해 바다, 아니 황해에 가라앉아 있는 어망이나 어구, 같은 쓰레기들을 싹 다 수거해서 한쪽에 모아놔."

서해를 황해로 바꿔 지칭한 것은 장강 이북의 땅이 이실리프 왕국의 영토가 될 예정이기 때문이다.

서해라 함은 한반도가 기준일 때의 명칭이다. 따라서 한반도만 영토라는 오해를 부를 수 있다.

반면, 황해는 황하의 토사가 유입되어 바다의 색깔이 누런 빛이라 불리는 명칭이다.

"저기…. 앞으로도 황해라 부르실 건가요?"

"응? 왜?"

"황하(黃河)는 유역이 많이 변경되고 있어요."

도로시의 말처럼 대홍수가 난 뒤 산이 뭉개지면서 계곡들이 메워졌다. 그 결과 황하의 흐름에 많은 변화가 생겼다.

마침 현수가 4대 정령 전부를 부릴 수 있게 되자 도로시는 대대적인 유역 변경을 요구했다.

바다로 흘러드는 민물을 최대한 활용하는 것으로 바꾸기로 한 것이다.

곤륜산맥에서 발원한 황하는 5,464km를 흘러 바다에 다다른다. 그런데 강의 길이에 비해 수량이 적다. 가끔은 건천(乾川)이 될 때도 있어 황허(黃虛)라고도 한다.

유례없는 대홍수로 흐름이 바뀌자 도로시는 가장 경제적이면서 효율적인 방법을 찾았다.

황하는 흐르는 동안 흙탕물로 변해 바다 색깔까지 변하게 만들었는데 이것부터 없애기로 했다. 그리고 각종 동식물에 유리한 흐름으로 바꿔 최대한 늦게 바다에 도달케 한다.

민물을 최대한 활용하려는 목적이다.

총 길이는 대략 8,322km로 설계했다. 무려 2,858km가 늘어나게 된 것이다. 덕분에 세계에서 가장 긴 강인 나일강(6,650km)이 그 타이틀을 잃을 예정이다.

어쨌거나 더 이상 흙탕물이 흘러들지 않으면 현재의 황해는 동해 못지않은 맑은 바다가 된다. 그럼에도 누럴 황(黃)자를 쓰는 것은 이 바다를 모욕하는 일이 될 것이다.

그러니 다른 명칭을 전해달라는 것이 도로시의 의견이다.

"흐음! 그럼 뭐라 칭하지?"

잠시 턱밑을 쓰다듬는데 번개처럼 스치는 생각이 있다.

"아…! 밝달해 어때?"

"에? 밝달이요? 혹시 단군(檀君)께서 건국하신 배달국의 의미에서 딴 명칭인 건가요?"

밝달은 '밝(밝다)+달(응달, 양달 하듯 땅의 의미)'이다. 즉 밝은 땅, 밝은 나라라는 뜻이다.

따라서 밝달해는 '밝은 땅에 있는 바다' 혹은 '밝은 나라의 바다'라는 의미가 될 수 있다.

"맞아! 우리 왕국이 들어설 곳 전부 단군의 땅이었잖아. 그리고 단군의 후손들이 모여서 살 곳이기도 하고."

"좋으네요. 외국인들이 발음하기 힘들어서 그렇지."

발음만 어려운가? 영어, 스페인어 등으로 표현하기에 심히 난해한 명칭이기도 하다.

"우리가 그런 것까지 신경 써야 해?"

내 나라 바다의 이름을 정하는데 외국에서 어찌 표현할지까지 배려할 이유가 있냐는 뜻이다.

외국어로 표현이 안 되면 한글을 쓰면 될 일이다.

이실리프 왕국의 제1 공용어는 한국어이다.

그리고 조만간 세계를 선도할 국가가 된다. 따라서 한국어의 위상이 크게 달라지게 될 것이다.

게다가 많은 외국인들이 다이안의 무대를 보고 홀딱 반했다. 그런데 가사가 한국어이다. 하여 그 의미를 알기 위한 한국어 학습이 열풍처럼 불고 있다.

여기에 플로렌이 가세하였다. 다이안 못지않은 대형신인 걸그룹의 탄생이다.

이들의 노래 가사 역시 전부 한국어이다. 이러니 조만간 한국어가 국제공용어로 발돋움하는 날이 올 수도 있다.

그럼 밝달이란 표현이 그리 어렵지는 않을 것이다. 한국어처럼 쓰기 쉽고, 읽기 쉬운 문자가 없기 때문이다.

"아뇨! 그냥 그렇다는 뜻이죠."

"좋아! 그럼 밝달해로 하는 걸로 정했어."

"네! 지도에 그렇게 표기하도록 할게요."

서해, 황해의 명칭이 밝달해로 바뀌는 역사적인 순간이다.

아무튼 어구와 어망 이외에도 스티로폼, 담배꽁초, 각종 플라스틱, 유리, 고무류 등 다양한 해양쓰레기가 있다.

이중 플라스틱, 스티로폼, 비닐 등은 부유성(浮遊性)이라 조류를 타면 먼바다까지 흘러나간다. 그리고 잘 분해되지 않는 특성을 가져 골칫거리이다.

Chapter 07

―

여가부와 국방부

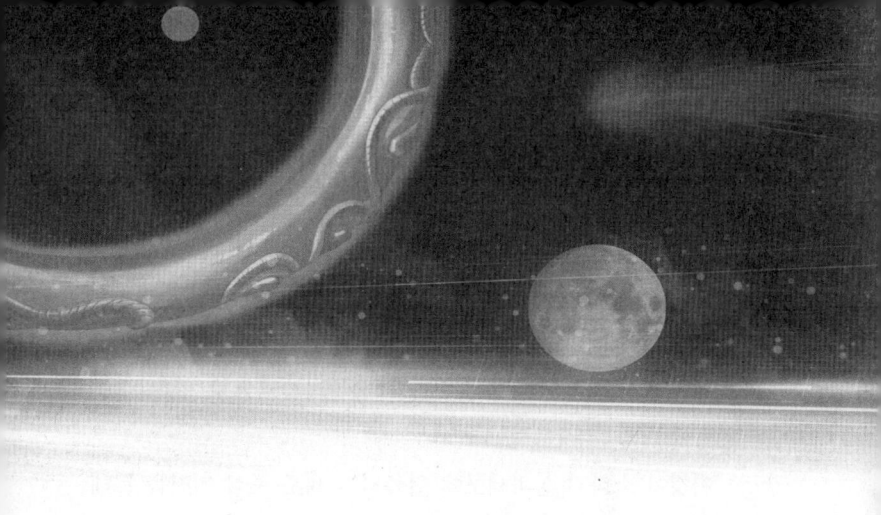

세상 어떤 동·식물도 궤멸적 오염을 야기시키지 않는다.

오로지 인간만 매연을 뿜게 하여 대기를 오염시키고, 인공위성 및 기타 잔재들로 우주를, 그리고 각종 난분해성 쓰레기로 해양을 망가뜨리고 있다.

육지에는 각종 산업폐기물 등을 몰래 묻는 개 쓰레기만도 못한 인간들이 있다. 인간만이 하늘, 땅, 바다뿐만 아니라 우주까지 오염시키고 있는 것이다.

지구 입장에선 가장 먼저 멸종시켜야 할 종족이 인간이다.

따라서 계몽을 하든, 재산 몰수 또는 참형 같은 강력한 처벌로 다스려서라도 이 같은 행위를 근절시켜야 한다.

안 그러면 언젠가는 자연에 의한 혹독한 반격을 당해 멸종 위기를 겪게 될 수도 있기 때문이다.

어쨌든 현수는 해양쓰레기로 인한 생태계 파괴 속도가 점점 빨라짐을 잘 알고 있다.

게다가 어족자원들이 섭취한 미세플라스틱으로 인해 각종 질병이 발생된다는 것도 안다.

이것이 소화기 상피세포에 접촉되면 세포 포식 기전을 통해서 인체 흡수된다. 이렇게 되면 조직염증, 세포증식, 괴사, 면역세포 억제 등을 유발하게 된다.

이래서 좋을 일이 뭐가 있겠는가! 그렇기에 후세들을 위해서라도 하루라도 빨리 정화시키고 싶은 것이다.

"어디에요?"

수거하는 건 어렵지 않은 모양이다.

"도로시, 지도 띄워!"

"넹!"

홀로그램 지도가 허공에 뜨자 현수는 한 곳을 짚는다.

"여기! 예전 지명으로 대련 앞 바다에."

"근데 황해 전체를 치워요?"

"음! 일단은 장강 북쪽만 치워! 흐음, 장강 하구 위도가 몇이나 되지?"

"북위 31°를 조금 넘어요."

"엘리디아! 방금 한 말 들었지? 일단 북위 31°를 기준으로 해서 북쪽 바다 전체를 청소해."

"네! 명령대로 할게요."

"참! 가라앉아 있는 시체들은 빼."

지난 홍수 때 가라앉은 수없이 많은 시신들을 뜻하는 말이다. 현재 자연 분해되는 중이다.

다시 말해 누군가의 영양분이 되고 있는 것이다.

사람이 죽으면 그 시체가 서서히 부패하기 시작해 생체조직들이 사라지고 뼈가 드러나는 백골화 과정이 진행된다.

이때 온갖 악취가 풍기고, 벌레들이 꼬인다.

바다에서는 기생충인 '바닷물이(sea lice)'와 각종 어류, 갑각류 등이 달려들어 신체 조직을 뜯어먹는다. 해양생물이 많은 곳이라면 반나절 만에 뼈가 드러나는 경우도 많다.

하여 강이나 바다에서 실종된 사람의 시신을 찾아보면 유골만 남은 경우가 대부분이다.

"시체 빼고, 어구랑 어망 같은 거만 하면 되죠?"

"각종 플라스틱이나 스티로폼 등도 포함시켜."

"네! 언제까지 할까요?"

"잠깐만! 도로시. 대련에 폐플라스틱 분해시설 짓는데 얼마나 걸리겠어?"

"대련이요? 거긴 지금 아무것도 없는 데잖아요."

"뭐, 현재는 그렇지."

"그럼 할 일이 엄청 많아요. 잠시 시간을 주세요."

해양 폐기물을 수거하는 것으로 끝나면 안 된다.

당연히 재활용하는데 최대한 친환경적인 방법이어야 하고, 당연히 거기서 얻는 산물이 있어야 할 것이다.

각종 폐플라스틱이나 비닐을 이를 원래대로 되돌리는 것이 가장 좋다. 그렇다 하여 원유가 되게 하면 또 정제해야 사용할 수 있다. 그러니 각종 석유화학제품의 원료가 되는 나프타(naphtha) 정도면 괜찮을 것이다.

그런데 현재의 분해기술은 불완전하다.

폐플라스틱에 열을 가해 얻은 열분해유는 짙은 고동색이다. 이것에는 염소, 황 등 불순물이 포함되어 있는데 이를 정제하는 것에 한계가 있는 것이다.

앞으로 몇 년은 더 지나야 후처리기술이 개발될 예정이다.

그러는 동안에도 각종 플라스틱과 비닐, 스티로폼 등은 계속해서 바다로 흘러들게 된다.

북태평양의 거대 쓰레기 더미는 지난 2010년엔 한반도 면적의 3배 정도였다. 그런데 불과 6년 만에 4배가 되었다.

쓰레기 늘어나는 속도가 점점 빨라지고 있는 것이다.

장강 이북이야 이미 빈 땅이 되었으니 안 그렇게 되었지만 한반도에서 쓸려나가는 쓰레기의 양도 만만치 않다.

"어차피 아무도 못 들어가게 할 거니까 원소분해기와 원소수집기를 설치하는 걸로 계획을 잡아봐."

"그렇게 할게요. 그런데 이건 확실한 마스터플랜을 짠 이후에 하는 게 더 좋을 것 같아요."

맞는 말이다. 아주 정밀한 개발 및 배치계획을 수립한 후에 해도 되는 일이기는 하다. 불과 몇 년 사이에 썩고, 금방 환경을 개판으로 만들 쓰레기가 아니기 때문이다.

"그렇다고 마냥 놔둘 수는 없잖아. 그러니 최대한 빨리 계획을 잡아. 그래 놓고 엘리디아에게 말해주면 되잖아."

하루라도 빨리 처리하고 싶어서이다.

"알겠어요. 일단 계획을 짜볼게요. 근데 그걸 보시고 컨펌(confirm)은 꼭 해주셔야 해요."

나중에 딴소리하지 말라는 뜻일 것이다.

"그래, 알았어. 일단 다 되면 보여줘."

"넵!"

밝달해에는 모르긴 몰라도 어마어마한 양의 쓰레기가 쌓여 있다. 북한과 남한, 그리고 지긋지긋한 지나가 지난 수십, 수백 년 동안 쏟아냈으니 어마어마할 것이다.

한국 정부에선 이것들을 수거하는 대로 소각 처리하고 있다. 이러면 발암물질인 다이옥신 등이 발생되어 환경에 결코 좋지 못하다. 게다가 막대한 예산이 소요되고 있다.

동족방뇨(凍足放尿)를 하면 당장은 얼어붙은 발에 따스함을 주지만 이내 동상으로 진행되어 발가락을 잘라내야 한다.

다시 말해 한국 정부의 쓰레기 소각정책은 나중에 더 큰 화를 불러일으키는 동족방뇨나 다름없는 행위이다.

당장은 쓰레기를 처리하는 것이지만 지구 생태계엔 어마어마한 폐를 끼치는 일인 것이다.

그러니 사전에 모조리 수거해서 각종 원소로 분해하는 편이 여러모로 유익하다. 바다가 깨끗해지면 해양 생태계가 복원된다. 그러면 자연스레 어족자원이 풍부해진다.

아울러 쓰레기를 분해하면 각종 원료가 확보된다.

이것으로 무엇이든 만들어낼 수 있다. 그야말로 쓰레기통에서 금덩이를 줍는 것과 전혀 다르지 않다.

이런데도 하지 않는다면 그건 일종의 범죄행위나 다름없다. 따라서 최대한 빨리 시도해야 하는 일이다.

"엘리디아는 다른 정령들에게 전해. 내가 내린 지시를 최대한 빨리 하라고."

"네! 마스터."

말을 마친 엘리디아는 명령을 전하려는 듯 스르르 멀어진다. 그렇다 하여 아시아 대륙까지 가는 건 아니다. 정령들은 텔레파시와 비슷한 방법으로 의중을 전하기 때문이다.

"도로시! 한국 국회는 요즘 어때?"

"국회요? 참, 어제 아주 중요한 법안을 통과시켰어요."

"중요한 법안? 뭔데?"

"여성가족부 전격 폐지요."

"오! 드디어…?"

"네! 여가부 폐지 후 고유 업무 중 일부는 행정 각 부처에

이관토록 하는 법안이 조만간 발효될 예정이에요."

"그리고?"

"여가부 공무원들은 전원 재배치되는데 모두 지방발령 날 거 같아요."

"그래? 지방 어디?"

"한국에서 가장 낙후된 지역의 주민센터 같은 곳으로 분산해서 배치시킬 거예요."

"그래? 그럼, 그들의 주거지는?"

"관에서 Y—Property에 우리가 보유한 시골 빈집을 대여해 달라는 요청이 올 거예요."

"그럼?"

"뭐 대강 고쳐서 사람이 살 정도는 되게 만들어줄 예정이에요. 거기서 못 살겠다고 사표 내고 나가면 그만이구요."

근무지에서 그리 멀지는 않겠지만 그렇다 하여 쾌적한 환경은 아닌 상태가 되게 하겠다는 뜻이다.

예를 들어, 돈사(豚舍)나 계사(鷄舍) 근처이다.

돼지와 닭의 분변은 특히 비 오는 날 그 냄새가 지독하다. 이 냄새에 익숙하지 않으면 아마 살기 힘들 것이다.

게다가 도처에 쥐들이 돌아다닌다.

이 정도만 해도 도시에서 살던 사람이라면 떠나고 싶은 마음이 굴뚝같을 것이다.

공무원 평정규칙을 보면 근무실적 및 직무수행능력의 평가는 탁월·우수·보통·미흡 또는 불량 중 하나의 등급으로 하도록 되어 있다.

여가부 소속이었던 공무원들의 평정은 늘 '미흡' 또는 '불량'으로 매겨진다. 아무리 수정을 해도 돌아서면 다시 미흡이나 불량으로 바뀌게 하는 건 도로시가 맡는다.

따라서 기를 써서 무언가를 해도 승진 소요기간을 꼭 채워야만 승진하게 된다.

이렇게 하여 다른 곳으로 발령될 때엔 가기 싫어할 만한 곳만 골라서 보내진다.

대한민국에서 가장 낙후된 지역 1위는 최전방이다. 지리상 북한과 가까우며 매우 추운 지역이다.

경기도 연천, 강원도 철원, 화천, 양구, 인제, 고성 등을 꼽을 수 있다.

다음은 강원 남부와 경북 북부권이다.

교통권은 별로이고, 대도시와의 거리가 상당히 멀다.

강원도 정선, 영월, 태백, 삼척, 경북 봉화, 영주, 울진, 영양, 영덕, 청송, 예천, 문경 등이 포함되어 있다.

전국의 지방자치단체에서는 소속 공무원들을 상대로 가장 선호하는 부서와 기피하는 부서에 대한 설문조사를 했다.

인천광역시에서 가장 기피되는 부서는 청소행정과, 대중교통과, 교통지도과 순이었다.

수원시는 교통행정과, 횡성군은 허가민원과 개발허가업무

를 기피하고 있다.

제주도는 생활환경과와 교통행정과이다.

주민들과의 마찰이 잦고, 누적된 업무나 민원이 많은데 반해 일한 만큼 인정받지 못한다는 것이 주된 이유이다.

도로시는 낙후지역 관공서에서도 기피부서 설문조사를 실시할 계획이다.

그 결과에 따라 여가부 소속이었던 공무원들을 배치토록 할 것이다.

이는 그간 말도 안 되는 각종 거지같은 정책으로 여러 만행을 저질렀고, 예산을 낭비하여 누군가의 마음에 짙은 멍을 들게 했던 것에 대한 대가이다.

"잘 했네. 이 법안을 상정한 의원에게 후원금 좀 보내줘."

"이미 합법적인 범위 내에서 최대한 보냈어요."

"그래. 그나저나 고연비 자동차는 어떻게 되어가?"

이는 개발과정을 묻는 게 아니다. 엔진과 미션 등은 이미 개발되어 있고, 생산 설계도까지 있다.

따라서 엔진과 미션 등 주요부품을 생산할 공장이 어느 정도 준비되었느냐는 뜻이다.

"일단 GM과 협상해서 창원, 부평, 보령, 군산공장을 매입했어요. 베트남 공장은 뺐구요."

"그래, 그건 당연하지."

상당수 기업들이 국내의 높은 인건비와 과격한 노조를 피하기 위해 외국에 공장을 설립한 바 있다.

이 같은 사례를 본 협력업체와 중소기업마저 외국으로 나가 버리니 실업률이 좀처럼 줄지 않고 있는 것이다.

아무튼 해외공장 러시는 인프라만 부족할 뿐 저렴한 노동력, 값싼 토지, 그리고 상대적으로 낮은 법인세 등 여러 이익이 기대되었기 때문이다.

현수는 이들 대부분을 정리하고 국내로 유턴하라는 지시를 내린 바 있다.

본격적으로 일꾼로봇을 투입하면 저렴한 정도가 아니라 아예 인건비가 제로에 가까워질 수 있기 때문이다.

이러면 종업원의 수가 대폭 줄어들게 되므로 극렬한 노조 행위가 불가능해진다.

일꾼로봇이 더럽고, 어렵고, 위험한 일뿐만 아니라 생산 공정 전체를 관장하면 인간이 생산시설 안에 발을 들여놓을 일이 없어지기 때문이다.

원료 반입, 생산, 조립, 완제품 적재 및 반출은 물론이고, 운반과 시스템 유지와 보수까지 전부 일꾼로봇이 맡는다.

따라서 노조가 생산현장에 난입하여 생산을 중단시키는 등의 과격한 행동은 불가능하다.

그럼에도 무단으로 난입하면 사망할 수도 있다.

예를 들어, 고연비 엔진 생산공정은 외부에 공개되어선 안 된다. 당연히 보안 때문이다.

만일 설계도 등이 해외로 유출되면 피해가 발생된다. 하여 이 같은 내용을 모든 종업원에서 사전에 충분히 고지한다.

그리곤 공장 출입구에 다음과 같은 팻말을 붙인다.

― 경 고 ―

이 공장은 모든 인간의 출입을 엄히 금합니다.

어떠한 경우라도 무단으로 침입하게 되면 즉각 보안시스템이 가동되어 제압됩니다.

살상용 레이저 또는 초고압 전류를 사용하므로 침입하면 사망할 확률이 거의 100%에 이릅니다.

이런 상황이 벌어지더라도 당 공장은 어떠한 책임도 지지 않음을 엄중히 고지합니다.

관할 관공서 등에는 왜 이런 보안시스템이 필요한지에 관한 내용을 사전에 충분히 납득시킨다.

따라서 무단 난입으로 사망사건이 발생해도 회사는 책임이 없다.

한편, 법인세는 법인의 소득을 대상으로 부과되는 세금이며, 국내에서 발생한 소득에 대해서만 과세된다.

현재는 많은 공장들이 해외에 있는데 이것들 대부분이 국내로 유턴하면 법인세 수입이 늘어난다.

게다가 100만 개에 달하는 공장이 추가되는 상황이다.

이에 따른 고용이 크게 늘어 실업자 수가 대폭 줄었으니 법인세뿐만 아니라 근로소득세도 왕창 늘어날 것이다.

게다가 이실리프 왕국이 건국되고, 상호불가침 조약이 맺어지면 국방비가 대폭 줄어들게 된다.

생판 남인 콩고민주공화국과 우크라이나 등엔 1,000억 달러, 러시아는 2,000억 달러 규모의 통화스와프가 제공된다.

하물며 한국은 어떠하겠는가!

당연히 보다 많은 액수의 통화스와프를 체결해줄 예정이다. 이러면 외환 방어를 위해 돈을 쓸 필요가 없어진다.

2005년 기사에 의하면 최근 5년간 환율 방어비용으로 12조 2,000억 원이 사용되었다.

그리고 지난 2009년에 보도된 기사에 의하면 정부가 원화 가치 급락을 막기 위해 역외선물환(NDF) 시장에 개입하면서 4조 5,000억 원의 손실을 보았다고 한다.

이 얼마나 의미 없는 지출이란 말인가!

앞으로는 이런 비용이 거의 들지 않도록 할 것이다.

아무튼 지나는 이미 멸망 상태로 접어들었고, 북한은 곧 사라질 예정이다. 이제 남은 적은 일본뿐이다.

그런데 일본 역시 패망의 길을 걷게 될 것이다.

간악하고 교활하기 이를 데 없는 왜놈들을 사갈시[5] 하는

5) 사갈시(蛇蝎視) : 뱀이나 전갈을 보듯이 한다는 뜻으로, 어떤 대상을 몹시 싫어함을 이르는 말

현수가 그냥 놔두지 않을 것이기 때문이다.

이렇게 되면 러시아만 남는다.

러시아는 이실리프 왕국은 물론이고, 한국과도 선린 우호 관계를 맺게 될 것이다.

상호불가침 조약은 당연한 일이다.

이렇듯 사방의 적이 모두 사라지면 굳이 국방에 돈을 쓸 이유가 없는 것이다.

대한민국의 2017년 국방예산은 40조 3,347억 원이다.

이중 병력 운영 및 유지를 위해 책정된 '전력운영비'는 28조 1,757억 원이다.

전체 예산 중 약 70%가 인건비 지출인 것이다. 나머지 30%로 겨우 신무기 개발 및 도입을 하고 있는 것이다.

사실 이건 거꾸로 되어야 할 일이다. 아무튼 현수가 마음먹고 나서면 국방부 자체가 필요 없게 된다.

2017년 1월 현재의 대한민국의 병력수는 약 60만 명이다.

이는 약 600기의 전투로봇으로 충분히 대체 가능하다.

병력 수는 1,000분의 1로 크게 줄어들지만 반대로 전투력은 100배 이상 향상된다.

게다가 완전 자율비행 무인 경비정은 한반도 및 영해 상공 매 200㎞마다 한 대씩 떠 있을 예정이다.

제자리 비행인 호버링은 물론이고, 광학 및 전파 스텔스가 기본이며, 적외선 추적도 불가능한 존재이다.

각각엔 레일건과 1,000개의 탄자가 실려 있어서 탄도미사일 최대 1,000개까지 떨굴 수 있다.

고장을 대비한 일꾼로봇과 만능제작기까지 갖춰져 있기 때문에 정비를 위한 기지 복귀도 필요 없다.

다시 말해 상시 출격 상태로 24시간 내내 영공 수호 임무를 전담한다.

레일건 탄자뿐 아니라 하프늄 5g이 든 추살 2호도 100개씩 탑재된다. 하나당 TNT 5,512.5kg의 폭발력을 가졌다.

이것 한 방이면 세계에서 가장 큰 타이푼급 핵잠수함이라도 대번에 동강나며, 격침된다.

바다 속에는 무인스텔스 잠수함이 배치된다.

밝달해에 20척, 동해와 남해엔 각기 50척씩이다.

초소형 핵융합엔진이 있어 최소 1,000년간 임무 수행이 가능하다. 최고 속도는 200노트이다.

이를 시속으로 환산하면 370.4km/h이다.

여기에 마찰력을 제로에 수렴케 하는 퍼펙트 그리스 마법과 속도를 높이는 그레이트 헤이스트 마법이 가동될 경우엔 시속 500노트까지 속도를 높일 수 있다.

시속으로 환산하면 926km/h이다.

이는 단 5분만 유지된다. 선체에 너무 강한 압력이 가해지고, 너무 빨라서 수중생태계 교란 현상이 빚어지기 때문이다.

초공동 어뢰보다 훨씬 빠른 속도이므로 바다 속에서는 무적이다.

아무튼 전투로봇 6,000기는 완전무장한 6,000만 명의 특수부대 병력를 만난다 하더라도 단 한 기의 손실 없이 모조리 몰살시킬 수 있다. 승률은 100%이다.

각각이 2015년에 개봉한 영화 '터미네이터 5 제네시스'에서 배우 이병헌이 연기한 액체금속 T—1000과 1 : 100으로 붙어도 흠집 하나 나지 않을 정도이기 때문이다.

눈에 보이지도 않고, 허공을 비행하며, 어떠한 병기로도 제거 불가능하니 당연한 일이다.

한편, 현수가 보유한 무인스텔스 잠수함이나 완전 자율비행 무인 경비정이 동원되면 재래식 무기 전체를 폐기해도 되며, 새로운 병기개발을 위한 연구 등도 필요 없게 된다.

우주무기들은 더욱 강력하다. 언제든 지구를 쪼개버릴 능력을 충분히 갖추고 있기 때문이다.

따라서 적국이 어디든 그 나라 전체를 완전히 말살시킬 수 있으므로 국방 관련 예산이 전혀 필요 없다.

이것만으로도 법인세율을 인하하는 충분한 동력이 된다.

"그래서?"

"각각의 공장을 엔진과 미션, 섀시 등 주요부품을 생산하는 공장으로 개조했어요."

"그랬어? 쉽지 않았지?"

"당연하죠! 하나의 공장을 적게는 일곱 개, 많게는 서른일

곱 개로 쪼갰으니까요."

공정별 부품 제조공장으로 나누었다는 뜻일 것이다.

"그랬어? 노조 반응은 어땠어? 반발하지 않았어?"

도로시는 각각을 별도의 법인으로 분리하여 설립했다. 당연히 Y—인베스트먼트 지분율 100%이다.

이러기 위해 전 직원으로부터 사직서를 받아 수리했다. 그리곤 합당한 퇴직금을 지급했다.

다음으로 새로운 고용계약서를 작성하였다.

GM이 아닌 여러 Y—그룹사 소속이 되어야 하기 때문이다.

이 과정에서 전원이 고용된 것은 아니다. 그리고 배치하는 과정에서 잡음이 조금 있었다.

"왜, 안 그랬겠어요. 처음엔 그러려고 한 것 같아요. 근데 그러지 못했어요."

"왜? 무슨 일 있었어?"

"아뇨! 파업하면 그냥 청산하겠다고 했거든요."

참고로, 기업의 청산(淸算)이란, 법인의 재산을 정리한 후, 순자산을 주주에게 분배하고 폐업하는 것이다.

이러면 종업원 전체의 직장이 사라진다. 그러면 노조 자체가 해산된다. 아무것도 할 수 없는 상태가 되는 것이다.

아무튼 도로시가 세세한 내용까지 말은 안 했지만 틀림없이 뭔가를 했다는 느낌이 들었다.

"……! 노조 활동을 하면서 못된 짓을 획책하는 등의 활동을 하지 않았으면 웬만하면 그냥 놔두지."

이미 벌어진 일이라면 뭘 했는지 추궁해봐야 소용이 없다.

계란이 익으면 원래대로 돌아갈 방법이 없는 것과 마찬가지이기 때문이다. 그럼에도 대충 짐작은 간다.

사명감을 갖고 노동자들의 이익을 대변했던 자들은 그냥 놔뒀을 것이고, 농간을 부려 사사로운 이익을 취했거나 부당 행위를 했던 자들은 아마 벼락을 맞았을 것이다.

가장 먼저 그간의 비행(非行)을 모든 조합원들에게 고스란히 공개한다. 사회적 매장이다.

그 다음엔 부정한 행위로 취했던 모든 금원(金員) 환수이다. 당연히 이자 포함이다. 법정 최고금리를 복리로 적용하여 빈 털터리로 만든다. 이건 경제적 매장이다.

아울러 부정한 방법으로 입사했거나 협력업체 등록을 하였다면 퇴사 조치 및 거래해지 통보를 했다. 이는 인간관계를 말살시키는 것이다.

이렇게 되면 재기는 거의 불능이다. 음흉하고, 욕심만 많은 것들은 그에 합당한 처벌을 받아야 마땅하다.

"그럴게요."

"그래서, 그 다음은?"

"고연비 엔진을 이미 제작에 들어갔어요. 고성능 미션과도 마찬가지구요. Y—카본과 Y—글라스도 발족되었구요."

Y—카본은 자동차의 차체를 이룰 카본섬유를 만든다.

점점 더 얇고, 가벼워지지만 탑승자의 안전도는 점점 더 높아지는 방향으로 발전될 예정이다.

Y—글라스에선 자동차용 유리를 만든다.

여기에 투영될 Head Up Display는 내비게이션과 각종 인디케이터 역할까지 하게 될 것이다.

이 유리에는 Y—에너지에서 생산될 태양광발전필름이 부착되어 전기를 발생시킬 뿐만 아니라 인체에 유해한 자외선을 완벽히 차단하고, 단열효과까지 낸다.

"고연비 엔진이라면 뭐? 오메가 엔진?"

오메가 엔진은 2,000cc급 자동변속기일 때 시내 주행연비가 120㎞/L이고, 정속주행 땐 160㎞/L 이상도 가능하다.

배기가스는 99.99% 정화되며, 최대 출력은 528마력이다. 이 정도면 25톤 화물트럭에 들어갈 엔진이다.

원래는 2117년이 되어야 개발될 것이다.

오메가 엔진보다 상위엔 가히 끝판왕급이라고 할 수 있는 P—엔진이 있다.

이것의 P는 완벽을 뜻하는 'Perfection'의 이니셜이다. 아무튼 이 차의 혼잡한 시내 주행연비는 250㎞/L이다.

통행량이 너무 많아서 가다 서다를 반복해야 하고, 속력도 높이지 못할 때의 연비가 그러하다.

저속이라도 정속주행 시엔 360㎞/L정도이고, 막힘없는 고속도로에선 약 540㎞/L이다.

참고로, 서울에서 부산은 400㎞ 가량이다. 따라서 휘발유 2리터만 넣으면 왕복하고도 다시 대전까지 갈 수 있다.

P—엔진의 배기가스 정화효율은 100%이다. 현재엔 절대로 내놓아선 안 될 미래기술들이 망라(網羅)된 것이다.

이는 인류의 마지막 내연기관 엔진이었는데 이를 사용하지 않게 된 이유는 새로운 이동수단이 등장한 때문이다.

'워프' 라 이름 붙은 새로운 이동 방법은 마나로 구동되는데 목적지를 입력하면 불과 1~2초 만에 도착한다.

그리고 무한정 반복사용이 가능하다. 이러니 내연기관이 더 이상 필요 없게 된 것이다.

"아뇨! 오메가 말고 람다 엔진부터 시작하려구요. 처음부터 보스 급을 내놓으면 재미없잖아요."

람다 엔진은 2083년이 되어야 개발될 것이다.

배기가스 정화율은 99.68%이고, 800㏄급 엔진의 시내 주행 연비는 60㎞/L, 출력은 170마력이다.

배기량 2,000㏄급 소나타, K5, 말리부에 비하면 연비는 5배 이상 높고, 출력은 대등하거나 조금 더 좋다.

출력이 훌륭하기에 그랜저급 차체가 사용된다.

반면 엔진, 미션, 배터리, 라디에이터 등 주요부품의 크기는 획기적으로 작아진다.

예를 들어, 차량용 배터리는 휴대폰 크기 정도로 줄어든다. 그럼에도 성능과 수명은 훨씬 더 뛰어나다.

발전기인 알터네이터는 16분의 1 이하로 작아진다.

이밖에 다른 주요부품들도 크기가 줄어들기에 그랜저급 차체지만 실내 용적은 더 크다.

Chapter 08

—

여긴 안시성이 아냐

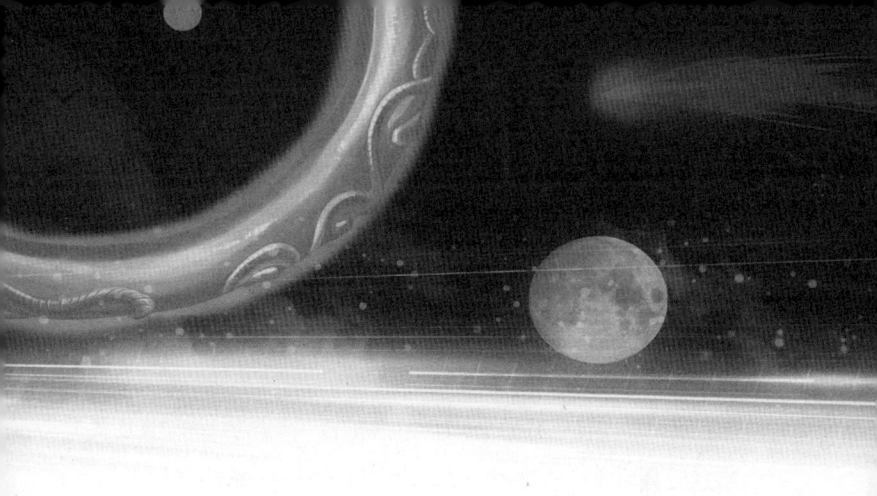

"그래서 그거 가격은 얼마에 내놓으려고?"

국내에서 시판되고 있는 1,000cc 미만 경차의 가격과 제원은 다음과 같다.

참고로, 이 가격은 풀 옵션이며, 수동기어일 때이다.

	배기량	마력수	연비	가격
모닝	1,000cc	78	14km/L	1,480만 원
스파크	1,000cc	72	14.3km/L	1,274만 원
레이	1,000cc	78	13.5km/L	1,570만 원

한편, 현대와 기아자동차에서 각기 다른 모델명으로 출시될 가칭 '알파'의 제원은 다음과 같다.

	배기량	마력수	연비	가격
알파	800cc	170	60km/L	1,000만 원

마력수는 2배, 연비는 4배 이상인데 가격은 70% 수준이다. 말도 안 되게 저렴한 것이다.

그럼에도 버튼 시동 스마트키, HUD, 전방 충돌방지 보조 ADAS, 내비게이션, 하이패스, 블랙박스 등 풀 옵션이다.

변속기 또한 오토트랜스 미션이 적용되는데 그럼에도 시내 주행연비가 60km/L이다.

고속도로 정속주행일 땐 90km/L 이상도 가능하다. 서울에서 부산까지 가는데 고작 5리터 남짓 사용되는 것이다.

모두의 눈을 현혹시킬 멋진 디자인은 아예 논외이다.

성능이 훨씬 뛰어남에도 가격이 저렴한 이 차를 운행할 경우 여러 이득이 기대된다.

첫째, 저렴해진 자동차세이다.

예를 들어, 소나타 2.0 신차의 자동차세는 1년에 51만 9,740원인데 가칭 '알파'는 불과 6만 4,000원이다.

둘째, 자동차 보험료가 낮아진다.

차량 가격이 저렴하고, 개선된 에어백과 다양한 안전장치가 적용되며, 블랙박스까지 달려 있으니 당연하다.

셋째, 배기량 1,000cc 미만이라 경차 혜택을 받는다.

참고로, 이 혜택을 받으려면 경차 기준인 길이 3.6m, 너비

1.6m, 높이 2.0m 이하를 알파에 맞게 변경시켜야 한다.

차량의 커지면 더 많은 무게가 나가고 더 높은 출력을 요구하게 된다. 하여 경차의 크기를 제한했었는데 알파는 아주 강력한 엔진을 가진다.

따라서 차체를 굳이 작게 할 필요가 없다.

어쨌거나 알파가 경차로 분류되면 책임보험료 10% 할인, 취득세 4%, 공영 주차장 주차요금과 고속도로 통행료 50% 감면, 지하철 환승 주차장 주차요금 80% 할인, 차량 강제 10부제에서 제외, 리터당 유류세 250원 할인되는 경차사랑카드 발급 등의 혜택을 받게 된다.

넷째, 실내용적이 그랜저보다 크고, 성능은 훨씬 뛰어나다. 게다가 배기가스 정화율이 거의 100%이라 자연 친화적이다.

이 정도인데도 대차(代車)하지 않으면 바보이다.

"800cc급이면 작다고 하지 않을까?"

한국 사람들의 배기량 큰 차 선호를 알기에 하는 말이다.

대한민국은 오랫동안 기름 한 방울 나지 않는 나라였다. 그래서 엄청나게 많은 원유를 수입하고 있다. 당연히 수출로 벌어들인 아까운 달러로 대금을 결제하고 있다.

그러다 2017년이 되었고, 이제 곧 95번째 산유국이 된다.

울산 남동쪽 58㎞ 지점 울릉분지 내에 있는 동해 가스전에서 하루에 천연가스 1,000톤과 초경질 원유 1,200배럴을 생산하게 되는 것이다.

하지만 국내 수요량에 턱없이 부족한 양이므로 원유 수입은 계속되어야 한다.

한편, 차체가 육중하고 배기량이 큰 차는 당연히 연비가 좋지 않다. 더 많은 연료를 소모하는 것이다.

그럼에도 오로지 남들에게 과시하려는 그릇된 욕구 때문에 큰 차를 선호하고 있는 것이다.

이는 애초의 버릇을 완전히 잘못 들인 결과이다.

자동차는 시간이 지날수록 가치가 높아지는 골동품이 아니다. 그저 구르는 이동수단이고, 소모품일 뿐이다.

그럼에도 굳이 비싸고 큰 차를 사서 남들에게 뽐내려고 하는 것은 참으로 가소로운 일이라 할 수 있다.

진짜 뽐내고 싶으면 2019년 제네바 모터쇼에서 공개될 '라 부아튀르 누아르(La Voiture Noire)' 정도를 사야 한다.

독일 폭스바겐 AG의 계열사 부가티(Bugatti)에서 제작하는 것으로 한 대에 1,890만 달러이다.

한화로 약 222억 원인 것이다.

이 정도는 되는 차를 사서 자랑을 해야 '대단하네' 라는 소리를 들을 자격이 있다.

벤츠나 BMW는 당장은 고급이지만 그리 길지 않은 시간이 흐르면 개나 소나 다 끌고 다니는 대중적인 차가 된다.

입대를 앞둔 20대 초반 백수가 전액 할부로 뽑아 카푸어가 되어 신세 망치는 시대가 얼마 남지 않은 것이다.

여성들이 명품을 탐내는 이유는 인간 자체가 명품이 아니라서 그렇다. 뭔가 부족한 본인의 단점을 가리고 싶어 사람들의 시선을 끌게 하려 명품백을 탐내는 것이다.

김지윤이 아주 좋은 예이다.

아름다운 미모, 끝내주는 몸매, 매우 뛰어난 두뇌, 질병 없는 건강한 몸, 상당한 재산, 최소 200년은 유지될 젊음, 그리고 서글서글한 성품 등 무엇 하나 흠잡을 게 없다.

게다가 생물학적, 법률적 처녀이다.

인간 자체가 명품인 것이다. 그러니 다른 것으로 시선을 가리려는 노력을 할 필요가 전혀 없다.

반면 대다수 여성들은 이런 조건을 전혀 갖추지 못하고 있다. 그렇기에 값비싼 명품백에 환장하는 것이다.

이 대목에서 하나를 꼬집어 말하자면 '호박에 줄 긋는다고 수박되는 게 아니라는 것' 이다.

영어로 다음과 같은 표현들이 있다.

You can put lipstick on a pig, but it's still a pig.
돼지에 립스틱을 바를 수는 있지만, 그것은 여전히 돼지.
A monkey in silk is a monkey no less.
비단옷을 입은 원숭이라도 원숭이일 뿐.

명품백으로 본인의 단점을 가리는 것은 잘 차려입고 그 백을 들고 있을 순간뿐이다. 그렇지 않을 때엔 조악하게 그어진 줄까지 보이는 호박일 뿐인 것이다.

아무튼 남성들이 크고 비싼 차를 가지려는 이유 또한 이와 별반 다르지 않다.

자랑할 거 하나 없는 한심한 존재들이기에 200억 원도 안 되는 자동차로 남의 시선을 끌려는 것이다.

그런데 진짜 부자들은 굳이 명품을 찾지 않고, 크고 비싼 차를 탐내지도 않는다.

현수에게 밀려 세계 1위 부호 자리를 내놓은 '투자의 귀재' 라 불리는 버크셔 해서웨이의 CEO 워렌 버핏은 낡은 캐딜락 XTS를 타고 다닌다.

이 차의 신차 가격은 약 5,000만 원이었다.

페이스북 창업자 마크 저커버그는 68조 1,500억 원이라는 재산을 가졌다. 그런 그의 차는 낡은 Acura TSX이다. 신차였을 때 가격이 3,000만 원대였던 것이다.

미국 최대 대형마트 체인 '월마트' 의 상속녀인 앨리스 월튼의 재산은 41조 6,000억 원 가량이다.

그녀는 2006년형 포드 F—150 픽업트럭을 탄다. 이것의 신차였을 가격은 약 4,000만 원이다.

세계적인 가구 체인 이케아의 창업자 잉바르 캄프라드는 북유럽 제일 부자이다.

약 55조 8,000억 원의 재산을 가졌는데 1993년형 볼보 240

GL 왜건을 타고 다닌다.

스티브 발머 전 마이크로소프트 CEO는 약 35조 2,500억 원의 재산을 가졌다. 그럼에도 포드사로부터 2009년에 선물받은 퓨전 하이브리드를 여전히 타고 있다.

미국 NFL 미식축구 구단 워싱턴 레드스킨즈의 쿼터백 커크 커즌스의 연봉은 약 280억 원이다.

그런 그가 타고 다니는 차는 GMC 밴이다. 한국으로 치면 손흥민 선수가 구형 봉고차를 끌고 다니는 것이다.

보다시피 진짜 부자들은 부가티나 롤스로이스 같이 비싼 차들을 타지 않는다.

그런데 한국의 그저 그런 잡것들은 유독 크고, 비싼 차를 타려고 갖은 애를 쓴다.

진짜 부자들이 보면 별 볼 일 없고, 가난한 것들이 대책 없는 과소비를 하는 것으로 여겨질 것이다.

그러면 나직이 혀를 차며 이렇게 말한다.

"쯧쯧! 한심한 거지같은 것들! 저러니 부자가 못되지."

어쨌든 겨우 벤츠나 BMW를 끌면서 남들에게 과시하려는 것은 참으로 가소로운 일이 아닐 수 없다.

자동차는 이동 수단일 뿐이다. 빠르고, 안전하게 수송하는 것이 본연의 목적이다.

그러니 제 분수에 맞을 정도로 적당하면 된다. 이런 면에서 가칭 '알파' 정도면 차고도 넘치는 차량이다.

그래도 큰 차 좋아하는 속성이 있다는 걸 알기에 차체 크기를 키우는 것이다.

그 결과 알파의 실내용적은 그랜저보다 훨씬 여유롭다.

이렇듯 실내 용적이 크게 늘어날 수 있는 이유는 엔진룸 등의 크기가 대폭 줄어든 때문이다.

덕분에 2열에 앉아도 다리를 쭉 뻗을 수 있다.

"가격은 풀 옵션으로 1,000만 원을 생각하고 있어요. 그리고 차체는 대형급으로 할 거예요."

"그래? 근데 모델이 하나면 좀 그렇지 않겠어?"

"아! 그래서 여러 모델을 추진 중이에요."

"여러 모델로 만든다고?"

"네! 세단, 쿠페, 왜건, SUV, 컨버터블, 해치백, 리무진, 밴을 구상하고 있어요."

"800cc짜리 엔진으로 리무진을 만들어? 차체가 길어지면 출력이 조금 떨어지지 않을까?"

"그럼 그건 1,000cc급으로 할까요?"

"뭐 그 정도면 괜찮겠네. 근데 현대와 기아 양쪽에서 각기 다른 디자인으로 만든다는 거지?"

"네! 다양하면 좋지 않겠어요?"

도로의 모든 차가 다 똑같다면 보기에도 그러니 각각을 2~

3개 디자인으로 출시할 계획이다.

현대와 기아에서 생산되는 세단만 4~6가지 모델이 되는 것이다. 쿠페, 왜건, SUV, 컨버터블, 해치백, 리무진, 밴까지 각각 4~6가지 디자인이면 총 32~48가지 차량이 운행된다.

여기에 각각의 색깔이 6~10가지라면 총 192~480개의 각기 다른 차량을 볼 수 있게 된다.

이러면 현재보다 훨씬 다양할 것이다.

"그래! 그럼 그건 알아서 해."

향후 모든 자동차는 일꾼로봇들이 생산한다.

인간은 외부에서 조달되는 각종 재료나 부품의 수량을 확인하는 정도만 관여한다.

반입된 재료와 부품에 대한 검수를 하고, 생산라인에 공급하는 것도 모두 일꾼로봇이 한다.

작업반경 및 동선 등이 치밀하게 설계되어 불필요한 공간을 잡아먹지 않도록 한다.

모든 배치는 밀리미터 단위로 이격하도록 하고 상부 공간도 알뜰하게 사용한다. 이래야 효율적이기 때문이다. 이러니 인간이 공장 내부에 발을 들여놓을 공간조차 없는 것이다.

아무튼 조만간 생산이 시작될 예정이다.

24시간 내내 단 1초도 쉬지 않고 가장 효율적인 방법으로 생산하므로 금방 조립이 끝난다.

만능제작기를 사용하면 부품을 즉석에서 제조할 수 있다.

따라서 외부 요인으로 인한 재고 부족으로 생산하지 못한다는 것은 말이 안 되는 일이다.

"참! 색상 좀 다양하게 해. 길에 나가보면 대부분 흰색 아니면 검은색이 대다수야. 그게 아니더라도 회색이나 은색 같은 무채색이 많더라고. 그러니 SUV와 쿠페 같은 건 아예 흰색과 검은색은 생산하지 마."

"알겠어요. 색상의 다양화! 그렇게 지시할게요."

"참고로 난 파스텔 톤을 좋아해."

"네! 최대한 다양한 색상으로 할게요."

"그리고, 일본차를 보유했거나, 보유하고 있는 사람들에겐 가장 나중에 공급해."

참고로, 개인 또는 사업자와의 거래를 거절하는 것은 공정거래법에 저촉되지 않는다.

"네! 계약하지 않도록 지시할게요."

"참! 말이 나와서 묻는 건데 역사 왜곡에 앞장선 친일사학자들은 어떻게 되었어?"

"아! 그치들이요?"

"설마, 내가 말 안 했다고 그냥 놔둔 건 아니지?"

"그럴 리가요. 그 놈들은 이미 처벌받았어요."

도로시는 친일사학자를 친일파 본인에 준해서 처벌하였다.

먼저 모든 금융자산을 압수했고, 다음으로 직장에서 쫓겨나게 하였다. 그리곤 살아서 지옥을 톡톡히 경험하도록 무지막지한 고통을 겪게 하였다.

몇몇이 자살하려 하자 시력과 목소리를 빼앗았다. 그래도 자해를 시도한 자들은 손목과 발목 근육을 마비시켰다.

죽을 때까지 끊임없는 고통에 몸부림치도록 한 것이다.

사망 후엔 시신을 화장터에서 빼돌려 대형 믹서에 넣고 갈아버렸다. 그러곤 오폐수 처리장의 더러운 슬러지와 섞어 일본의 여러 관공서와 신사 등에 뿌렸다.

다음은 친일사학자들에게 물들어 잘못된 역사를 가르치거나 전파하는 자들에 대한 처벌을 했다.

가장 먼저 목소리를 사용치 못하게 하였다.

화들짝 놀라 병원을 다녀 봐도 원인불명이라는 진단만 받을 뿐이었다. 소리를 내지 못하면 수업을 할 수 없기에 내린 임시 조치이다.

그런데 말을 못하게 되자 사실이 왜곡된 논문과 역사서를 집필하려는 자가 있었다. 하여 시력도 빼앗았다.

한국의 역사 교과서에는 진짜가 기록되어 있지 않다.

예를 들자면, 배우 조인성이 열연했던 영화의 배경인 안시성뿐만 아니라 요서 10성 등의 위치가 잘못되어 있다.

친일사학자들은 조선총독부에서 날조한 가짜 역사를 진짜라 여기고 모든 것을 이에 꿰어 맞추었다.

먼저 결과를 정해놓고, 그 원인과 중간 과정을 제멋대로 조작하여 억지로 그럴 듯하게 만들어 놓은 것이다.

그러다보니 각 성들의 위치가 훨씬 동쪽으로 치우쳐있다. 고구려의 영토를 대폭 축소 왜곡시킨 것이다.

지나의 여러 역사서들을 참고해보면 안시성의 실제 위치는 북경에서 그리 멀지 않은 곳에 있었다.

이밖에 한사군과 천리장성의 위치라든지 고구려의 평양 천도 같은 것들도 다 조작된 것들이다.

조선 후기의 문신 연암 박지원(1737~1805)은 청나라 건륭제 때 북경을 다녀왔다.

이때 직접 보고 들은 것을 기록으로 남겼는데 이를 '열하일기(熱河日記)' 라 한다. 그 중엔 고구려의 장군 양만춘이 성주로 있었던 안시성도 포함되어 있다.

당시 박지원은 누군가의 안내를 받아 안시성이라는 곳에 갔는데 이를 보고 한 말은 다음과 같다.

"세상 사람들은 이곳이 안시성이라고 말을 하는데 여기엔 그 많은 군사들이 모일 곳도 없고, 저기 저 산성은 사람이 축조한 것이 아니며, 나는 새도 오르지 못할 정도로 높고 험준하다. 그런데 어찌 여기가 안시성이겠는가!"

한국의 사학자들은 책상 앞에 앉아서 조선총독부가 조작한 사서나 들추면서 '이곳이 안시성이다.' 라고 한다.

연암 박지원처럼 한 번이라도 그곳을 가봤다면 안시성이 있었다는 말을 하지 못했을 것이다.

그럼에도 본인들의 뇌내망상을 자라나는 새싹들에게 가르치고 있다. 이 얼마나 무지몽매한 것들이란 말인가!

모조리 때려죽여도 시원치 않을 잡것들이라 하겠다.

삼국사기 24권 백제본기 제2 고이왕 13년 기록에는 아래와 같은 구절이 있다.

가을 8월에 위나라 유주자사 관구검이 낙랑태수 유무, 삭방태수 왕준과 함께 고구려를 침략하자 왕(백제 고이왕)은 그 틈을 이용하여 좌장 진충으로 하여금 낙랑의 변방 주민들을 습격하여 잡아오게 하였다.

이 전쟁은 요하(遼河)의 동쪽 요동(遼東)에서 벌어진 것이고, 분명 위나라와 고구려의 전쟁이었다.

그렇다면 이때 백제의 위치는 어디였겠는가!

그럼에도 썩어빠진 사학자라 하는 개새끼들은 백제가 전라도 지역에 국한되어 있었다고 가르치고 있다.

어쨌거나 잡것들이 고구려의 역사를 축소 왜곡한 결과 지나의 동북공정에 대한 제대로 된 반발을 할 수 없었다.

이들은 또 환국, 배달국 등으로 면면히 이어져오는 우리 역사를 부정했고, 환단고기(桓檀古記)를 위서라 하고 있다.

그런데 9세 단군 아술 재위 원년(BC 1985년)의 기록엔 다음과 같은 구절이 있다.

是日 兩日竝出 觀者如堵

이를 해석해보면 '오늘은 2개의 해가 떠서 사람들이 길게 늘어서서 구경했다.' 는 내용이다.

현재로부터 4,002년 전의 일이다.

그런데 NASA의 천문학 데이터에는 약 4,000년 전에 고물자리에 있는 초신성 'Puppis A'가 폭발했다고 되어 있다.

이는 초신성의 잔해를 보고 내린 결론이다.

4,000년 전의 일을 어찌 알겠느냐는 의문을 가질 만하다.

만일 지구로부터 4,000광년 쯤 떨어진 곳에서 폭발이 일어났다면 그 빛이 오는데 4,000년쯤 걸린다. 그래서 아주 오래전 우주에서 발생된 일을 알 수 있는 것이다.

아무튼 이 시기엔 초신성이 뭔지 몰랐다.

그리고 태양은 늘 하나였다. 따라서 이 기록은 환단고기가 진서(眞書)일 수도 있음을 방증하는 것이다.

그럼에도 친일사학자와 그에 빌붙은 무리들은 우리 역사를 축소시킬 목적으로 환국, 배달국, 고조선이 실제 역사가 아니라고 가르친 것이다.

한편, 진주 소(蘇)씨 족보의 동근구보서(東槿舊譜序) 내용엔 다음과 같은 구절이 있다.

환인천제(赤帝)의 후손은 풍(風)씨, 강(姜)씨, 희(姬)씨, 기(己) 씨 성을 썼다.

적제의 61세손 태하공의 호는 곤오이고, 그의 성은 기씨였는데 소(蘇)씨로 바뀌었다.

진주 소씨의 족보에는 환국의 시원사가 기록되어 있다.

어느 누가 자기네 족보를 만들면서 환국(桓國) 역사까지 거짓으로 만들려고 하겠는가!

참고로, 진주 소씨의 시조인 적제의 133세손 '소벌도리'는 고허 촌장이었으며 신라의 왕 '박혁거세'의 양아버지였다.

참고로, 박혁거세는 밀양 박씨의 시조이다.

아무튼 고의로 역사를 축소, 왜곡시킨 자들과 그것을 신봉하는 자들은 천벌을 받아 마땅하다.

그래서 도로시가 대신 처벌했을 뿐이다.

"까먹고 이야기 안 한 게 있어."

"뭐죠? 말씀만하세요."

"한국에서 조작된 역사 교과서를 만드는 데 관여했던 모든 것들에게 데스봇 레벨 10으로 세팅해서 투여해."

온몸이 불에 타는 듯한 작열감을 매일매일 각각 30분씩 12번이나 경험하게 하라는 뜻이다.

이 작열감은 인간이 느끼는 고통 중에서 가장 강력한 것이다. 치료제는 물론이고 고통을 경감시키는 약물조차 없다.

"레벨 10이요?"

"그래. 그리고 자살 못 하게 조치 취하고."

"손목과 발목 인대를 마비시키는 정도면 될까요?"

"뭐 그 정도면…."

걷지 못하고 물건을 집어들 수 없으면 스스로 목숨을 끊지 못할 것이기에 고개를 끄덕여주었다.

"그런데 참여했던 이들 전부요?"

"그래, 저자와 출판사 편집팀 전원과 임원, 사장까지 몽땅다. 왜곡된 역사교과서를 만드는 데 손을 보탰으면 전부."

"알겠어요. 최대한 빨리 조치를 취할게요."

"그래! 그리고 말 나온 김에 하나 더!"

"네! 말씀하세요."

"잘못된 역사를 가르친 자들 전부 포함이야."

"네? 그럼 학교 역사 선생들이 다 해당되는데요?"

"아이들 시험 때문에 어쩔 수 없이 그렇게 가르치고는 있지만 강단에서 하는 수업이 잘못되었다는 것을 인식하고 있다면 일단 배제해. 판단은 도로시가 하고."

"네. 그렇게 할게요."

"다만 대학생들을 상대로 사학을 가르치는 교수들은 대상에서 제외야."

"네! 전부 아작 내버릴게요."

"이미 은퇴했거나 다른 일을 하고 있어도 그런 짓을 저지른 자들은 모두 색출해서 처벌해."

"당연하죠."

또 죽을 인간들이 선정되었다. 이번에도 어마어마한 고통을 겪다가 뒈지게 될 것이다.

자라나는 새싹들에게 잘못된 역사 지식을 심어줘서 민족의 정기와 전통성을 왜곡시킨 죄의 값이다.

하여 친일파와 동일한 처벌을 지시한 것이다.

"그나저나 일제차를 가졌거나 가졌던 자들에게 차를 팔지 않는 것은 언제까지 유지시킬까요?"

"흐음! 그건 내가 별도의 지시를 할 때까지 유지해."

말은 이렇게 했지만 해제해줄 마음이 없다.

한반도를 수없이 침탈하고, 엄청난 아픔을 준 쪽발이가 만든 게 좋다고 구입했으면 대가를 치러야 마땅하다.

남들이 1,000만 원 주고 연비 좋고, 풀 옵션인 차량을 구입할 때 비싸고, 연비 나쁘며, 자동차세 많이 내야하는 외제차를 계속해서 구입하는 고통 정도는 겪어야 한다.

참고로, 알파에 장착되는 여러 옵션 중에는 다음과 같은 것들도 포함되어 있다.

— 네비게이션, 블랙박스, 선루프, 스마트키
— 차체 자세 제어기능, 경사로 밀림방지 기능

- 개별 타이어 공기압 경보장치
- 급제동 경보 기능, 12 에어백 시스템
- 뒷좌석 유아용 시트 고정 장치,
- 차로 이탈방지 보조, 진동 경고 스티어링 휠
- 하이 빔 보조, 운전자 졸음 주의 경고
- 전방 충돌방지 보조, 지능형 속도 제한 보조
- 후 측방 충돌방지 보조, 후방 교차 충돌방지 보조
- 안전 하차 보조, 후석 승객 알림
- 다중 충돌방지 자동제동 시스템
- 크루즈 컨트롤 시스템, 하이패스 시스템
- 후진 가이드 램프, 후방 모니터
- 자동주차 보조시스템, ECM 룸미러

이 외에도 국산 최고급 차량에 적용되는 각종 옵션들이 두루 적용된다. 따라서 현대와 기아차로부터 구매 거절을 당하는 것들은 배가 몹시 아플 것이다.

렌트카로 빌리려 해도 해당 업체에서 대여를 거절할 테니 편법으로라도 구입하고 싶겠지만 도로시가 누구인가!

구매 의사를 보일 때마다 단호하게 거절토록 한다.

명의를 대여하려고 하면 빌려주는 자까지 고객 명단에서 삭제된다. 친일파에 부역했던 인간쓰레기와 전혀 다르지 않기 때문이다.

국가를 위해 특별한 희생을 치렀던 분들은 반드시 기록하고, 기억해야 하며, 상응하는 보상과 예우를 해야 한다.

그래야 언젠가 또 다른 위기에 처했을 때 스스로 국가를 위한 일에 앞서겠다는 의인들이 나서기 때문이다.

이와 반대의 경우도 반드시 기록하고, 기억해야 하며, 상응하는 대가를 처절하게 치르도록 해야 한다.

그래야 언젠가 또 다른 위기에 처했을 때 적의 앞잡이가 되겠다는 사람들이 없을 것이기 때문이다.

이에 본보기가 될 인물로 프랑스의 대통령이었던 샤를 드 골(Charles de Gaulle, 1890~1970)을 꼽을 수 있다.

프랑스가 점령당한 기간 동안 나치 독일에 협력했던 언론인들을 처벌하여 잘못된 과거사 심판을 시작하였다.

당시 드골 정부는 900여 종의 신문과 잡지 가운데 나치 독일에 협력한 694종에 대해 폐간이나 재산몰수 처분하였다.

아울러 드골이 사관학교 재학시절 교수였던 페탱 원수를 포함한 나치 독일 협력자들도 처벌하였다.

그리곤 이렇게 말하였다.

"프랑스가 다시 외세의 지배를 받을지라도 또 다시 민족반

역자가 나오는 일은 없을 것이다."

적의 편에 붙었던 자들이 어떤 말로를 보게 되는지 확실하게 보여주었으니 할 수 있는 말이다.

Chapter 09
—
BBC와의 인터뷰

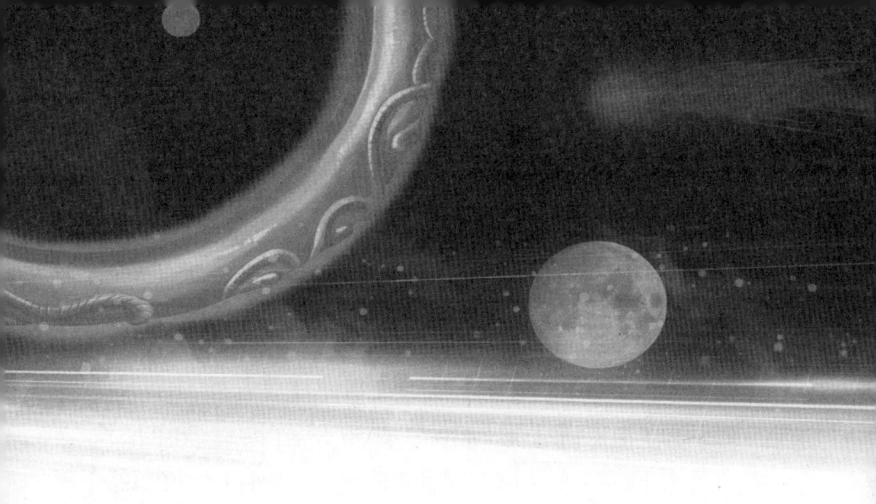

한국도 당연히 이렇게 했어야 한다.

모든 친일파들의 목을 베고, 시신을 갈기갈기 찢은 다음, 모든 재산을 몰수하고, 그 후손들이 다시는 주류사회의 일원이 될 수 없는 조치를 취했어야 한다.

아울러 친일 부역자들 또한 남김없이 적발하여 민족을 배반하면 어떤 일을 겪게 되는지 공공연하게 보여줬어야 한다.

다리나 팔 한쪽을 떼어내고, 늙어 죽는 날까지 노예의 삶을 살도록 해도 시원치 않을 놈들이다.

따라서 벌레 같은 삶을 살 수밖에 없도록 했어야 한다.

그런데 역대 대한민국 정부는 이런 일을 등한시했다. 특히 초대 이승만 정권은 아예 첫 단추부터 잘못 끼웠다.

경험이 있다는 미명하에 친일파들을 대거 등용하여 다시 한번 권력 상층부에 자리 잡게 했다. 친일파가 또 다시 사회를 장악하게 했던 과실을 범한 것이다.

그 후로도 여러 이유를 들어 친일파 청산을 하지 않았다. 이승만은 결코 대통령이 되어선 안 될 인물이었던 것이다.

지난 2009년엔 '민족문제연구소'에서 3권짜리 '친일인명사전'을 편찬한 바 있다.

이 연구소는 1949년에 친일파에 의해 와해된 '반민특위[6]'의 정신을 이어받기 위해 설립되었다.

한국 근현대사의 쟁점과 과제를 연구 해명하고, 한일 과거사 청산을 통해 굴절된 역사를 바로 세우는 것이 목표이다.

어쨌거나 친일인명사전이 발간되었을 때 과감히 모든 친일파의 사회적 지위를 거두는 적폐청산을 했어야 한다.

이걸 못 했다면 최소한 '친일언론'만이라도 폐간시키고, 사주 일가 및 편집진들을 사형 등 엄벌에 처했어야 한다.

그런데 하지 않았다. 적폐 세력은 곰팡이 같은 것들이다. 놔두면 점점 크게 번져갈 뿐이다.

그런데 어떤 정부도 이를 제거할 생각을 하지 않는다. 그래서 현수가 나서서 대대적인 청소를 하고 있는 것이다.

---

6) 반민특위(1948~1949) : 반민족행위 특별조사위원회의 약칭. 일제 강점기에 일본 제국에 적극 협조한 자를 조사하기 위하여 제헌국회에서 설치한 특별위원회

그 인원이 전 인구의 50%에 해당하는 2,500만 명이라 할지라도 깡그리 지워버릴 생각이다.

현수의 할아버지는 일제 강점기 때 장사를 하면서 광복군 전령으로 활약하셨다. 그러다 친일파 밀고로 체포되셨고, 무수한 고문을 당한 끝에 작고하셨다.

부친의 시신을 인수해가라는 연락을 받았던 현수의 아버지는 할아버지의 시신을 보고 기절하셨다.

얼마나 극심한 고문을 당했는지 대번에 알 수 있었을 정도로 시신이 심하게 훼손되어 있었던 때문이다.

그 후에도 일제와 친일파들에 의해 계속된 탄압을 당한 아버지는 평생을 가난하게 사셨다. 뭘 하려고 해도 할 수 없도록 방해하는 자들이 있었던 때문이다.

하여 '독립군의 후손은 가난하고, 친일파의 후손은 떵떵거리며 산다.' 는 말의 산증인 중 하나가 된 것이다.

그 결과 현수 역시 극빈층의 삶을 살았다.

이러니 친일하는 자들에게 결코 좋은 감정이 없다. 마음 같아선 일본 인구 전체를 말살해버리고 싶을 정도이다.

그럼에도 그러지 않는 이유는 개중에 과거사를 깊이 반성하고 사죄하려는 선한 인간이 있음을 알기 때문이다.

아무튼 한국인이면서 일본차를 타는 것들에게는 결코 좋은 감정을 가질 수 없다.

그렇기에 알파를 비롯한 각종 신문물을 가질 수 없도록 제한하라는 지시를 내린 것이다.

"알겠어요. 지시대로 할게요. 참! 중고차 문제도 생각해봤어요."

"중고차 문제…? 뭘, 어떻게?"

"한국 사람들 대부분 차를 오래 타지 않아요. 그래서 매 1년마다 15%씩 감가 상각하여 매입하는 걸로요."

알파를 1,000만 원에 샀다면, 1년 후에 850만 원을 받고 반납할 수 있다는 뜻이다.

2년이 지나면 700만 원, 3년은 550만 원, 4년이면 400만 원, 5년 250만 원, 6년이면 100만 원을 받을 수 있다.

이렇게 매년 15%씩 줄어들면 큰 손해 같겠지만 1년에 겨우 150만 원씩 감가상각 되는 것이다.

따져보면 한 달에 12만 5,000원이고, 하루에 4,110원 꼴씩 가치가 줄어드는 것이니 큰 불만은 없을 것이다.

"중고차 매매상을 거치지 않고 회수하겠다는 뜻이지?"

"네! 그러는 편이 소비자에게도 좋으니까요."

이렇게 하면 허위 매물을 올린다든지, 험악한 분위기로 강매, 또는 사고 차량을 무사고라 속이고 파는 일부 문제 있는 악덕 중고차 매매상들을 확실하게 피할 수 있다.

매입된 중고차는 원소분해기로 들어가고, 원소수집기를 거쳐 만능제작기에서 여러 부품이 되어 나온다.

일꾼로봇들은 이를 조립하여 신차로 출고한다.

이 과정에서 운행하는 동안 마모된 정도만 보충하면 되는데 그 원료는 산업 폐기물이나 각종 쓰레기 매립 및 수집장 등에서 얻을 수 있다.

필요한 에너지는 태양광발전 또는 핵융합발전으로 얻으니 무상이나 다름없고, 일꾼로봇은 급여를 지불하지 않으며, 거의 마모되지 않는 재질로 만들어져 반영구적으로 사용된다.

따라서 다시 제조하는 데 드는 비용은 거의 없다.

이렇게 해서 만들어진 것도 신차이므로 당연히 1,000만 원을 받고 판매한다. 따라서 3년 된 차를 550만 원에 매입하였다면 450만 원이 남는 셈이다.

"그럼 사고가 난 차는?"

"그건 따로 따져봐야죠."

차에 흠집이 생겼거나 망가졌다면 그에 합당한 페널티를 부가하겠다는 뜻이다. 지극히 당연한 말이다.

"뭐, 그건 알아서 해."

"넵!"

"당분간은 중고차라도 외국으로 반출되는 건 막을 거지?"

기술보호를 위한 조치를 취하라는 뜻이다.

"당연하신 말씀이세요. 그래서 중고차 매입 사업을 병행하려고 하는 거예요."

앞으로는 거의 모든 공산품이 분리 수거된 재활용품 또는 쓰레기로부터 얻은 원료로 제조된다.

만일 쓰레기에서 얻을 수 없다면 지하자원이나 무한정에 가까운 바닷물, 또는 흙 등을 퍼서 써도 된다.

다시 말해 한국과 이실리프 왕국에서 생산되는 모든 공산품의 제조원가는 거의 제로에 가깝다.

그리고 포탈마법진과 배달전용 드론을 사용하게 되면 물류비용이 거의 들지 않는다. 운송업체 등의 파업으로부터 완전히 자유롭게 되는 것이다.

게다가 대한민국의 거의 모든 상가를 보유하고 있으므로 점포 임대료도 낼 필요가 없다.

따라서 알파 한 대당 이익금은 얼마 안 되는 보관 및 유통비용을 제외한 나머지 전부가 된다.

세금을 걷지 않는 대신 시중에 풀린 돈을 이런 방법으로 회수하는 것이다. 신형일수록, 고품질일수록 비싼 가격이 책정되는데 이는 부의 축적을 막으려는 의도이다.

"폐하! 이제 침소로 드시지요."

"… 그럴까?"

현수는 느긋한 걸음으로 저택의 룸으로 향했다.

한편, 지독한 설사 때문에 여전히 배를 움켜쥔 채 고생하는 36명의 특수요원들이 있다.

"으윽! 또, 또야? 젠장…!"

우다다다다—!

털썩! 뿌지직 뿌지직—!

"휴~우!"

간신히 위기를 넘긴 특수요원의 이마에는 굵은 땀방울이 맺혀있다. 간발의 차이였기 때문이다.

안 그랬다면 기진맥진한 몸이지만 밤새도록 화장실 청소를 할 뻔 했다. 자고 일어나면 기력이 다해 엉금엉금 기어다녀야 할 것이다.

다음 날 아침, 눈을 뜬 김지윤은 망연자실한 표정으로 창밖 풍경을 멍하니 바라보고 있다.

"또…? 에휴! 술이 너무 과했던 건가?"

곁을 보니 시트가 멀쩡하다. 동침하지 않았다는 뜻이다. 지윤은 머리칼을 움켜쥔다.

"에휴! 난, 왜 이러지? 정말 바보인 거야?"

김지윤은 스스로를 책망하며 일어나 화장실로 들어간다. 그래봐야 버스는 이미 떠났다.

잠시 후 마음을 고쳐먹었는지 아주 말짱한 모습이 되어 나온 지윤은 현수를 찾아다녔다.

그러다 설이화와 마주쳤다. 아침 운동이라도 했는지 살짝 땀에 젖어 있었다.

"이화 씨! 우리 자기야, 어디 가셨는지 알아?"

"네. 조깅하신다고 저쪽으로 나가셨어요."

도로시가 주변 부지를 매입했다는 보고를 하자 조깅 겸 둘러보겠다고 나간 것이다.

"아침은…? 뭐 드시고 싶다는 말씀 없으셨어?"

"아! 김치볶음밥이면 좋겠다고 하셨어요."

"그거? 오케이, 알았어."

지윤은 주방으로 들어가 김치볶음밥을 만들었다.

주방장인 에밀리아 노울스와 그의 딸 헤스티아도 곁에도 웍을 돌렸다.

김치볶음밥은 푸틴이 파견한 경호원 이고르와 발렌틴, 그리고 안드레이도 좋아하는 메뉴이다.

하여 상당히 많은 양을 만들어야 했기 때문이다.

오전 8시쯤 돌아온 현수는 식탁 가득한 김치볶음밥을 보곤 흐뭇한 미소를 지었다.

자르르 윤기 흐르는 밥 위엔 노른자가 선명한 계란프라이가 올려져 있었던 것이다.

김지윤과 밀라, 올리비아, 그리고 설이화와 아델리나 뿐만 아니라 다이안과 플로렌 멤버들까지 모두 있으니 그야말로 꽃밭 속의 고추이다.

"흐음! 맛있겠네. 다들 많이 먹어."

"네에!"

현수의 말에 기다렸다는 듯 일제히 수저를 든다.

"오! 이거 맛이 괜찮네. 오늘 아침은 누구 작품이야?"

"저요."

지윤과 시선을 마주친 현수는 싱긋 웃으며 윙크를 했다.

"잘했네. 맛있어."

"헤에~!"

심쿵한 지윤은 행복한 미소를 지었다. 그런 그녀를 바라보는 다른 여인들의 눈엔 진한 부러움이 배어있다.

자신도 저런 칭찬을 받아보고 싶은 마음이었던 것이다.

식사 후, 달달한 카사바 케이크와 갓 내린 커피로 입가심을 하곤 옷을 갈아입었다.

오늘은 BBC와의 인터뷰가 있다. 세계적인 언론사이고, 생방송이라 하였기에 복장에 신경 썼다.

이번엔 흰색 르까프 운동화를 신었고, 통기성 좋은 셔츠와 미색 면바지이다. 아웃도어 브랜드인 블랙야크 제품이다.

손목엔 로만손 시계가 채워져 있다. 양말은 휠라 코리아의 로고가 선명한 것을 골랐다.

모두 국산 브랜드이고, 가격은 아주 비싸진 않다.

지난 번 기자회견 덕분에 해리엇과 지오다노, 그리고 프로스펙스의 매출이 수직 상승했다는 보고를 들었기에 신경 써서 다른 국산 브랜드를 선택한 것이다.

오늘은 지난번과 다르게 선글라스를 썼다. 이번 인터뷰가 리조트 안쪽에 조성된 그늘막에서 진행되기 때문이다.

시간이 얼마나 걸릴지 알 수는 없지만 작렬하는 태양광과

외부 시선으로부터 자유롭기 위함이다.

하여 라피스 센시블레 선글라스를 썼다.

참고로, Lapiz Sensible는 국산 안경 브랜드 명칭이고, 스페인어로 '감각적인 연필'이라는 뜻이다.

지윤의 배웅을 받으며 저택을 나서자 신일호가 운전사 복장으로 있다가 고개를 숙인다.

"모시겠습니다."

"그래!"

오전 9시 15분, 차를 타고 저택을 나선 현수는 곧장 바하마 리조트로 향했다.

오늘의 인터뷰는 정오에 하기로 했다. 그럼에도 이처럼 일찍 출발한 것은 리조트 전체를 둘러보려는 의도이다.

만일을 대비한 경호원들까지 총출동하여 여덟 대의 차가 줄지어 이동했는데 이 모습은 전 세계로 생중계되고 있다.

이러면 '참 대단한 인물의 행차인가 보다.'라고 투덜대거나 비아냥거리는 이들이 있기 마련이다.

그런데 이 장면을 보는 사람들 중 어느 누구도 그런 소리를 하지 않는다. 자타가 공인하는 진짜 대단한 인물의 행차이기 때문이다.

사실 현수의 위상은 미국 대통령보다 월등히 높다.

임시직과 평생직의 차이도 있지만, 그보다는 두뇌, 재산, 나이, 외모 등 여러 면에서 비교 자체가 되지 않기 때문이다.

하여 영국의 엘리자베스 2세 여왕이 받던 스포트라이트 이상의 관심을 받는 중이다.

우연히 행렬을 맞이한 관광객들 모두 열렬히 손을 흔든다. 이에 현수는 창문을 열고 손을 흔들어 답례했다.

"도로시! 작전 한다던 녀석들은 어떻게 되었어?"

"작전 책임자인 국무부 차관과 입안자인 차관보는 이미 처벌을 받았고, 요원들은 설사하느라 바빠요."

처벌이 무슨 뜻인지 어찌 모르겠는가!

무고한 이를 상대로 악한 마음을 품은 것만으로도 죄인데 실행까지 옮기려 했으니 목숨이 그 대가이다.

"잘했네. 그럼 괜찮은 거지?"

"당연하죠. 창문 계속 열고 가서도 되요."

현수가 누군가로부터 저격당하면 어마어마한 뉴스가 된다. 물론 그래봐야 총탄에 희생될 확률은 없다.

어느 곳, 어느 순간이든 위협대상이 되면 그 즉시 위화감을 느끼게 된다.

여러 보호수단이 있기에 가만히 있어도 다 막아낼 수 있지만 블링크 마법만으로도 충분히 피신할 수 있다.

설사 위화감을 느끼지 못한다 하더라도 여러 겹의 앱솔루트 배리어가 자동으로 구현되면 모든 공격이 차단된다.

하나는 골드 드래곤 켈라모리니의 비늘에서, 다른 하나는 전능의 팔찌에서 구현된다.

또 다른 하나는 아르셴 대륙 마도시대 때 전설적인 마법무구인 헤르시온에서도 만들어진다.

헤르시온은 유사시가 되면 자동으로 전신갑옷으로 변한다.

착용자 신변에 위협이 가해지면 자동으로 앱솔루트 배리어를 구현시킴과 동시에 전신을 방호하는 기능이 있다.

각종 마법진으로 도배되어 있기에 마리아나 해구 바닥은 물론이고, 용암 속에서도 헤엄 칠 수 있다.

이전의 유일한 약점은 숨구멍이 없다는 것이었다. 그런데 현수가 이런 걸 어찌 그냥 두었겠는가!

이미 오래 전에 개량해두었다.

현재의 헤르시온은 착용 후에도 호흡이 가능하며, 비행 또한 가능하도록 개조된 지 오래이다.

공기가 아예 없는 상황이 고려되어 헤르시온에 딸린 전용 아공간엔 충분한 압축 공기까지 저장되어 있다. 최대 1년간 충분히 호흡할 양이다.

이걸 걸치면 레일건에서 쏘아진 11.3kg짜리 텅스텐 탄자가 연속 100번, 같은 자리를 직격해도 별 이상이 없다.

무지막지한 물리적 충격에너지가 그에 대응하는 초고속 진동으로 인해 순식간에 상쇄되기 때문이다.

참고로, 레일건의 탄속은 시속 7,242km이다. 최대 사거리는 350km이고, 유효 사거리는 200km에 이른다.

미 해군이 운영하는 6인치(약 152mm) 함포 사거리가 24km에 불과한 것과 비교된다.

여기에 앱솔루트 배리어가 한 겹 더 추가되면 핵폭발이 연속으로 열 번 이어지는 현장에 있어도 안전하다.

현수가 직접 구현해내는 앱솔루트 배리어는 앞의 세 개보다 훨씬 더 강력한 방호력을 가지기 때문이다.

게다가 매우 강력한 호신강기도 구현된다.

소드 마스터나 그랜드 마스터의 검강으로도 흠집조차 내지 못할 만큼 대단한 것이다.

이러니 세상의 모든 위협으로부터 안전한 것이다.

특히 호신강기는 인체에 지극히 유해한 방사능까지 차단하니 현수의 신상에 문제를 일으킬 것은 이 세상에 없다.

그럼에도 늘 신일호와 같은 휴머노이드들의 경호를 받는다. 이들도 앱솔루트 배리어로 현수를 보호할 능력이 있다.

그런데 그보다는 선제대응 차원에서 위협을 계획하거나 실행에 옮기려는 상대를 말살하는 임무를 맡고 있다.

그 숫자가 얼마이건 전혀 고려치 않는다.

이전의 지나는 총병력 225만 명이었고, 2억 명의 예비역과 50만 명의 인민 무장경찰이 있었다.

만일 이들 전체가 적대시하면 그 전부를 제거할 수 있다. 아마 시체조차 온전히 남기지 못할 것이다.

사지를 모두 잘라 내거나, 짓이기는 정도로 끝낼 수도 있고, 잘게 토막 낸 후 태워버릴 수도 있다.

아주 끈질긴 생명력을 가진 외계 생명체의 공격까지 고려되었기에 상대의 모든 세포까지 완전히 말살시키는 것으로 프로그래밍 되어 있기 때문이다.

창문을 통해 부드러운 바람이 느껴진다. 공기가 맑다.

"도로시! 여기 공기질 어때?"

"현재 PM 10은 21, PM 2.5는 $6\mu g/m^3$이에요."

"그 정도면 괜찮은 건가?"

"그럼요! 아주 괜찮은 거죠."

"흐으음! 그래서 그런가? 공기가 싱그러워."

"그건 기분 탓일 겁니다. 새 옷으로 쫙 빼입으셨잖아요."

"새 옷…?"

"네! 한 번도 안 입으셨던 거예요. 팬티까지 싹 다."

현재 현수의 의복은 지윤이 관장하고 있다.

패션 센스가 제법 좋아서 장소와 분위기에 맞는 것을 코디해주는데 지금껏 실패작은 없었다.

"그러고 보니 그렇네. 그나저나 아직 시간 남았지?"

"네! 뭐 다른 용무가 있으세요?"

"리조트 돌아보기로 했잖아. 속도를 조금 늦추라고 해."

"네!"

말 떨어지기 무섭게 달리던 속도가 줄어든다. 현수는 싱그러운 바람을 맞으며 바하마의 풍광을 즐겼다.

"어서 오세요. 전하! 뵙게 되어 영광입니다. 저는 오늘 인터뷰 진행을 맡은 BBC의 로사 도머라 합니다."

약속된 장소에 당도하여 하차하자마자 몸매 늘씬한 금발미녀가 다가와 공손히 허리 숙여 예를 갖춘다.

"아! 그래요? 반가워요. 하인스 킴입니다."

현수는 사전에 누가 인터뷰어인지를 통보받은 바 있다. 하여 로사 도머에 대해 알고 있다.

로사는 영국의 유서 깊은 귀족가문인 도머 남작가의 영애이며, 케임브리지 대학을 졸업한 재원이다.

아직 미혼이고, 미모와 몸매, 그리고 두뇌와 배경까지 모두 겸비하였기에 많은 귀족가문에서 탐내는 아가씨이다.

잉글랜드 도머 남작은 1615년에 작위를 받았고, 현재는 18대인 윌리엄 도머가 가주이고, 그의 후계자는 하나밖에 없는 아들인 휴고 도머로 내정되어 있다.

로사는 차기 남작인 휴고의 하나밖에 없는 딸이다.

아무튼 로사는 사진발이 별로인 모양이다. 어제 본 사진보다 실물이 훨씬 낫다는 느낌인 것이다.

"다시 말씀드리지만 이렇게 뵙게 되어 지극한 영광입니다. 저는 그냥 로사라 불러주시면 좋겠습니다."

로사는 BBC가 자랑하는 미녀 앵커이다. 오늘의 인터뷰를 위해 런던에서 급파되었다.

어려서부터 받은 훈육 때문인지 행동거지에 품위가 엿보인다. 그래서 다들 대하길 어려워한다.

그런데 현수는 황제이다. 겨우 남작가의 일원을 대하는 것에 어려움이 있을 이유가 없다.

"로사! 반가워요. 나는 그냥 하인스라 불러요."

현수가 손을 내밀자 황공하다는 듯 두 손으로 맞잡고는 살짝 고개 숙이며, 무릎을 굽힌다.

"네에…? 제가 어떻게 감히 곧 국왕이 되실 분을…."

영어엔 공대(恭待)라는 것이 없다. 그렇다 하여 정중한 표현이 아주 없는 것은 아니다.

예를 들어, 'Can you call me later?' 는 친구나 동료들 사이에서 흔히 쓰이는 표현이다.

이를 줄여서 'Call me later.' 라 하기도 한다.

이보다 더 정중히 표현하자면 'I really appreciate if you call me later.' 정도가 된다.

BBC의 미녀 앵커 로사 도머는 말도 안 된다는 표정으로 펄쩍 뛴다. 엘리자베스 2세가 여왕으로 군림하는 국가의 일원이니 당연한 태도이다.

명망 높은 귀족가의 일원이지만 아직 영국 여왕인 엘리자베스 2세도 알현하지 못했다. 귀족이라도 국왕은 그만큼 만나기 어려운 존재이기 때문이다.

엘리자베스 2세 여왕은 선대 국왕으로부터 왕위를 물려받았다. 다시 말해 초대 국왕 또는 건국 왕이 아니다.

한편, 현수는 조만간 건국 왕이 될 예정이다.

고구려를 건국한 주몽, 고려를 건국한 왕건, 그리고 조선을 건국한 이성계와 맞먹는 위계가 되는 것이다.

참고로, 20세기 이후의 건국 왕은 하나도 없다.

그리고 군림하되 통치하지 않는 국왕이 아니라 군림도 하고 직접 통치까지 하는 명실상부한 절대 권력자가 된다.

사법, 입법, 행정, 경제 등을 완벽하게 장악하는 절대 군주가 될 예정인 것이다.

로사는 왕족에 대한 예의범절을 교육받은 바 있거니와 현수로부터 풍기는 위엄 때문인지 몹시 어려워하는 기색이다.

"괜찮아요. 아직은 아니니까 편안히 이야기해도 되요."

"아, 아니에요! 그랬다간 분명 저의 흑역사가 되죠. 그러니 편히 대하라는 말씀은 정중히 사양하겠어요."

오늘의 인터뷰는 역사에 기록된다.

로사가 귀족가의 일원이기는 하지만 일개 기자 신분인데 어찌 국왕을 평민 대하듯 하겠는가!

마음 놓고 있다가는 언제든 지탄의 대상이 될 수 있다.

예를 들어, 부대 시찰을 나온 사단장이 이등병에게 '집에 있는 것처럼 편히 쉬어.' 라고 했다고 그 즉시 말을 놓고, 흐트러진 모습을 보이면 어찌 되겠는가!

사단장이야 본인이 내뱉은 말이 있으니 그냥 웃어넘길 수 있지만 휘하의 연대장, 대대장, 중대장, 소대장, 분대장 등은 절대로 그냥 넘어가지 않는다.

그날로부터 전역하는 날까지 아주아주 험난한 가시밭길을 사뿐히 늘어놓을 것이 분명하다.

그리고 전역 후에도 술자리 안주거리가 되어 최소 수십 년간 씹히고 또 씹힐 것이다.

"옛날에 말이지. 내가 있던 부대에 사단장님이 시찰을 나오셨던 적이 있어."

"그랬어? 근데 무슨 일 있었냐?"

"그럼, 그럼! 어떤 띨빵한 이등병 하나가 있었는데 사단장님이 집처럼 편히 쉬어라고 하니까 바로 헤벌레 하고, 양아치처럼 건들거렸어."

"뭐어? 이등병이 사단장 앞에서…?"

"옹! 짝다리 짚고, 소총 질질끌고…. 뭔 소린지 알지?"

"그거 미친놈이네. 군기 빠졌다고 만창 보냈냐?"

군대에서는 벌 받을 짓을 하면 영창으로 보내기도 한다. 참고로, 영창은 군대 감옥을 뜻한다.

징계성 영창은 한 번에 최대 15일까지 구금할 수 있다. 이를 풀로 채우는 것을 속어로 풀창 또는 만창이라 한다.

"아니, 그건 아니지. 사단장이 설마 그랬겠냐?"

"그래? 그럼 어떻게 되었는데? 그냥 지나갔어?"

"야! 군대가 어떤 덴데…. 그럴 리가 있겠냐?"

"그치! 그래서 어떻게 되었어?"

"어떻게 되긴…, 전역하는 날까지 연대장, 대대장, 중대장, 소대장, 분대장이 차례로 들들 볶았지."

"차례로?"

"웅! 그리고 수시로!"

"헐…! 죽고 싶었겠네."

"뭐, 그랬겠지. 뭘 하던 최대한 불이익을 줬으니까."

"흐음! 포상 휴가는 한 번도 없었을 거고, 그밖에 또 뭐가 있었지? 외출, 외박 제한?"

"아무튼 뭐를 하던 가장 엿 같은 경우를 당했어. 불침번은 항상 중간이고, 경계근무는 제일 먼 곳이었지."

"크으…! 생각만으로도 엿 같다."

"그뿐이냐? 훈련 열외 한 번 없었고, 유격 가면 제일 빡세게 시켰고, 각개전투는 할 때마다 팔꿈치와 무릎이 다 까지도록 굴렸어. 화생방 할 땐 터진 방독면 지급했고."

"으으…!"

"합법적으로 그런 거라 어따 대고 하소연도 못했지."

"어휴! 군 생활이 아주 주옥같았겠다."

"당연하지. 아마 짝다리 짚었던 발과 소총 질질 끌던 손모가지를 잘라버리고 싶었을 거야."

"근데 그 멍청이는 대체 누구냐?"

"너도 알 걸! 왜 우리 고등학교 다닐 때…."

고등학교 동창들 사이에서 회자되던 이야기는 곧 각자의 직장으로 번져가고, 이는 점점 더 확대되어 간다.

결국 이야기의 주인공은 희대의 띨빵한 놈으로 묘사되고, 평생 누군가의 안주거리가 된다.

로사야 이런 사정을 알지 못하지만 여자 특유의 직감으로 절대 함부로 대하면 안 된다는 생각을 한다.

하여 화들짝 놀라는 표정으로 손을 내젓는다.

"뭐… 그래요, 그럼!"

본인이 싫다는 데 어쩌겠는가!

"감사드려요. 전하! 참, 저기 저쪽에 자리를 마련해 놨어요."

"그래요! 갑시다."

흔쾌히 로사의 안내를 받아 자리에 앉자 기다렸다는 듯 시원한 음료들을 내온다.

Chapter 10

—

어찌하실 건지요?

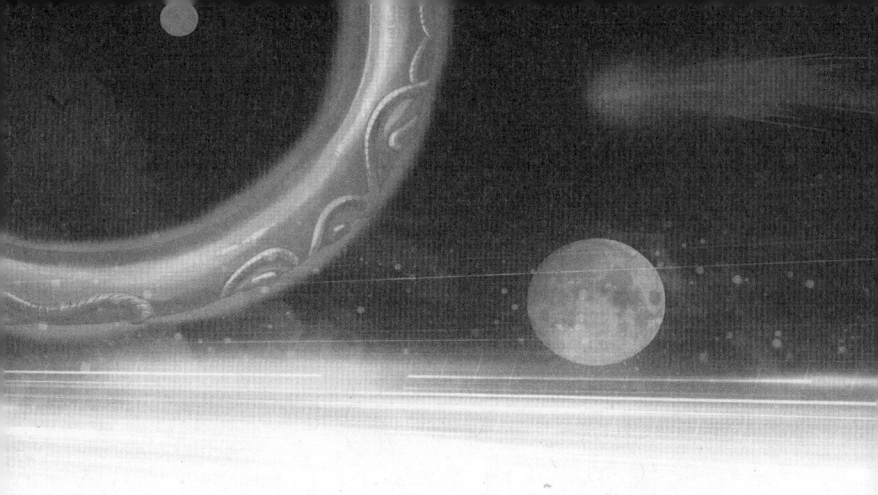

그늘막 안쪽은 아침부터 에어컨을 틀어놓아서 그런지 제법 서늘했다. 나오려던 땀이 도로 들어갈 정도이다.

유리창 바깥의 잔디는 아침에 깎은 듯 아주 가지런하다. 바람에 실린 싱그러운 풀내음이 그늘막 안쪽까지 들어온다.

음료수 한 모금을 빨아들이는 동안 스텝들이 움직였다.

카메라 세팅, 조명, 음향 등을 점검하느라 잠시 분주했으나 이내 잠잠해진다. 로사는 자세를 바로잡고 앉은 후 PD에게 시선을 돌린다.

"저어, 이제 인터뷰를 시작해도 될까요?"

"네! 이제 시작입니다. 셋, 둘, 하나. Go!"

잠시지만 모두가 움직임을 멈출 때 현수는 다시 한번 로사에게 속삭였다.

"로사! 괜찮아요? 너무 긴장한 거 같아요."

"네! 조금이요."

"다시 말하지만 나를 너무 어려워하지 말아요, 아직 왕이된 건 아니니까요."

"배려에 감사드립니다. 후우우~!"

로사는 긴 숨을 내쉬어 스스로 긴장을 푼다.

이 인터뷰는 실시간으로 송출된다. 영국뿐만 아니라 전 세계 모든 국가에서 특별 생방송으로 방영되는 것이다.

"셋, 둘, 하나. Go!"

PD의 지시가 끝나자 로사는 언제 그랬느냐는 듯 조금도 긴장하지 않은 듯 입을 연다.

"안녕하십니까? 저는 BBC 보도국의 로사 도머입니다."

잠시 호흡을 끊은 로사는 손바닥을 펴서 현수를 안내하는 손짓을 하며 말을 잇는다.

"저희는 오늘 세상에서 가장 Hot하신 분을 모셨습니다."

카메라가 현수의 얼굴을 클로즈업한다.

"소개하겠습니다. 모든 세상 사람들의 이목을 집중시킨 Y —그룹의 하인스 킴님이십니다."

현수를 전담하고 있는 카메라에 불이 들어온다.

"네, 방금 소개받은 하인스 킴입니다. 반갑습니다."

현수는 가볍게 고개를 숙여 예를 갖추었다.

"오늘 저는 세상 사람들이 궁금해하는 점을 여쭤볼 건데요. 괜찮으시겠습니까?"

"뭐, 안 괜찮을 이유는 없죠. 뭐든 물어보세요."

"감사합니다. 그럼 단도직입적으로 여쭙겠습니다. 얼마 전 한반도 북쪽의 조선민주주의인민공화국의 최고지도자인 김정은 국무위원장의 전격적인 발표가 있었습니다."

현수는 대꾸하지 않고 로사의 말을 기다렸다.

"국가 전체를 하인스 킴 님의 영도(領導)에 맡기겠다고 했는데 그 제안에 대한 응답은 하셨는지요?"

"네! 했습니다."

"전화로 통화를 하신 건가요?"

"그건 아니에요."

"그럼 어떻게…."

"이메일로 보냈습니다."

"아! 이메일이요."

상상도 못 해본 모양인지 살짝 놀라는 표정이다.

"그 내용은 뭐였는지 말씀해주시겠습니까?"

"국무위원장 및 조선민주주의인민공화국 전체의 단결된 의견을 흔쾌히 받아들이겠다는 내용입니다."

"네에. 그럼 3월 1일부터는 국왕이 되시겠네요."

"네! 그날이 이실리프 왕국의 건국일입니다."

"먼저 국왕이 되심을 축하드립니다."

"네, 고마워요."

"북한의 국왕이 되시면 남한과 통일하실 건지요?"

"이 대목에서 분명히 할 게 있네요. 먼저 그것부터 분명히 하고 넘어가야겠습니다."

"네? 뭘 분명히 하신다는 말씀이신 거죠?"

"이제 조선민주주의인민공화국은 소멸됩니다. 그리고 그 자리엔 이실리프 왕국이 건국되죠."

"……!"

로사가 대꾸 없이 바라보자 현수가 말을 잇는다.

"왕국은 조선민주주의인민공화국을 계승하는 국가가 아닙니다. 체제가 다르고, 법률도 다를 것이며, 교육방식 등 사회 전반이 완전히 다른 나라입니다."

"그럼 북한, 아니 조선민주주의인민공화국이 다른 국가와 맺은 수교나 조약 등이 전부 부정되는 건가요?"

"네! 어떠한 것도 그대로 물려받지 않을 겁니다. 완전히 백지에서 다시 시작한다고 생각하면 됩니다."

"아! 그렇군요. 근데 북한, 아니 조선민주주의인민공화국의 국가 채무는 어떻게 되는 건가요?"

"1874년에 영국이 피지를 병합할 때 영국은 피지의 채무 승계를 부인했습니다. 1881년 프랑스가 튀니스를 보호국으로 선언할 때에도 기존 채무의 승계를 부인했죠."

"또 있나요?"

"네! 1940년 구소련이 발트 연안 3개국을 병합했을 때 구소련은 이들의 대외채권은 회수하려 하면서도 부채 승계를 부인한 바 있습니다."

"저희가 조사한 바에 따르면 국가통합 시 합치는 나라가 합쳐지는 나라의 채무를 승계해야 하는지에 대해 학자들의 견해가 다르더라고요."

"네, 여러 사례가 있었는데 식민병합이 아니라 통일국가를 이루는 경우엔 여러 개별 구성국의 결합이든 분단국가의 통합이든 채무가 승계되는 경향이 있었죠."

1860년 이탈리아가 통일될 때 통일 정부는 기존에 존재했던 개별 국가들의 채무를 승계했다.

1957년 말레이시아 연방 결성 시에도 말레이시아 연방헌법은 '구성 국가의 모든 권리와 의무는 연방 국가로 양도 된다.'고 규정한 바 있다.

"네! 맞습니다."

"그런데 북한은 제가 병합하는 게 아닙니다. 스스로 국가 체제를 포기한 곳에 새롭게 건국하는 거죠."

"……!"

로사는 대꾸 없이 고개만 끄덕인다.

"다시 말해 나라를 합치는 게 아닙니다. 따라서 제가 기존 채무를 상환해주는 일은 없을 겁니다."

"채권자들이 가만히 있을까요?"

"이 자리를 빌어 분명히 말씀드리는데 조선민주주의인민공화국의 국가 채무는 저와 아무런 관련이 없습니다. 그 중 단돈 1센트도 제가 핸들링 한 바 없으니까요."

"네에. 물론 그러시죠."

"이렇듯 제가 관여한 빚이 아니니 어느 누구도 제게 손 내밀지 말라는 말씀을 드립니다."

현수는 아주 단호한 표정이다. 돈이 아무리 많아도 헛돈을 쓸 이유는 없기 때문이다.

게다가 북한의 채무 중 일본의 것도 있다. 상당한 액수라고 하는데 그걸 갚아줄 하등의 이유가 없다. 아울러 가깝게 지낼 이유도 없다. 하여 일본과 수교를 맺는 일은 없을 것이다.

"그렇긴 한데 채권자들의 반발이 염려되는군요."

"아무래도 그렇겠지만 그건 그쪽 사정입니다."

"네, 알겠습니다."

"그리고 왕국의 남쪽 대한민국과 구분하는 명칭인 남한과 북한이라는 명칭은 이제 사용하지 말아야 합니다."

"왜죠?"

"이실리프 왕국은 한반도에 존재했던 그 어떤 국가와도 연관이 없으니까요."

완전히 새로운 국가라는 뜻이다.

"아! 네에. 동의합니다. 주의할게요."

"그래요. 그리고 통일에 대한 대답부터 할게요. 결론부터 말하자면 대한민국과의 통일은 염두에 두지 않고 있습니다."

"⋯⋯!"

"왕국은 새로 건국되는 국가입니다. 시작부터 다른 나라를 병탄하거나 흡수당하는 것을 생각하고 싶지 않습니다."

"네! 아무래도 그렇겠죠."

"그리고 왕국은 왕정, 대한민국은 공화정 국가입니다. 통합되기엔 무리가 있죠. 체제가 완전히 다른 겁니다."

"네, 알겠습니다. 그럼 건국을 하신 후 가장 시급히 해결할 일은 뭔가요?"

"추위에 떨며 굶주리고 있는 국민들의 의식주 문제죠."

"네! 사정이 별로 좋지 않다고 들었습니다."

"그래서 이번 대국으로 얻은 모든 수입으로 각종 식량과 연료를 들여놓을 생각입니다."

"아! 이번엔 청소년을 위한 기금 출연이 없는 거군요."

영국이야 잘 먹고 잘사는 나라이지만 그렇지 않은 국가들이 널려있는 세상이다.

하여 이번 대국으로 딴 돈도 또 한 번 대차게 풀지 않을까 하는 기대를 하는 국가들이 많았다.

페루, 칠레를 비롯한 남미와 남아공과 나이지리아 등 여러 아프리카 국가들이 그러했다.

지난번에 쾌척한 불우청소년 기금은 전액 Y—인베스트먼트에서 관리하고 있다.

러시아, 우크라이나, 벨라루스, 콩고민주공화국, 아제르바이잔, 바하마, 그리고 대한민국 정부가 그렇게 하도록 요청한 결과이다.

각각의 정부에 돈을 지급했다면 아마 모르긴 몰라도 상당 액수가 엄한 놈들 주머니로 흘러 들어갔을 것이다.

30~90%가 불우청소년이 아닌 속 시커먼 놈들의 유흥비, 또는 은닉재산 등으로 탕진되었을 것이라는 뜻이다.

지난 2013년 3월 대법원은 피고인 강원도 인제군 소속 일부 공무원에게 패소 판결을 내린 바 있다.

'수재의연금 반환 청구소송' 상고심이었다.

고의로 서류를 누락하거나, 허위로 작성하는 방법 등으로 기부금 및 물품을 빼돌렸다 걸렸던 것이다.

기부금 및 물품가액이 총 8억 3,000만 원이었는데 무려 7억 원 이상을 떼어먹었다.

수재를 입은 사람들을 도우라고 기부를 한 것이다. 그런데 85% 이상이 엄한 놈 주머니로 들어간 것이다.

정부만큼 잘 관리되는 곳이 없음에도 이러니 일반 자선단체 등은 어떠하겠는가!

양심적으로 집행하는 곳도 있겠지만 기부금 횡령이 비일비재한 곳도 있을 것으로 추측된다.

현수가 불우청소년 기금을 기탁하겠다는 발표를 했을 때

쌍수를 들며 환호하던 것들이 있었다.

인절미를 만들다 보면 콩고물이 묻게 마련이라는 것을 당연시하는 놈들이다.

그런데 현수가 조건 하나를 걸었다.

"만일, 지정용도 이외로 사용되면 전액 반환을 요청할 것이며, 외환위기 등의 불이익이 있을 것입니다."

이를 어찌 무시할 수 있겠는가!

현수가 주관하는 Y-인베스트먼트가 굴리는 자금은 그 액수가 얼마나 되는지 아무도 모른다.

도로시만 파악하고 있는데 시시각각 변화하므로 시간 당 ±100억 달러 정도의 오차가 있다.

따라서 특정 국가를 망하게 하겠다고 마음먹으면 1년 이내에 IMF 구제금융 신세를 지도록 할 수 있다.

한편, Y-인베스트먼트의 투자 수익률은 타의 추종을 불허할 만큼 놀랍기만 하다. 그렇기에 각국 정부는 기금 운용과 집행까지 맡아주길 원했다.

현수는 이를 기꺼이 받아들여 사단법인 Y-청소년 기금을 설립했고, 매 분기마다 장부를 공개토록 한다.

일반적으로 기부금의 30~60%가 집행단체의 인건비 및 운영비와 홍보비 등으로 사용되고 있다.

다시 말해 누군가 1,000만 원을 기부하면 그중 300~600만 원을 뺀 나머지만 애초의 용도로 사용되는 것이다.

그런데 Y—청소년 기금은 단 한 푼도 홍보비로 지출하지 않는다. 실적을 자랑하듯 발표하거나, 추가로 기부받을 이유가 없는 때문이다.

인건비와 운영비가 나가기는 하지만 믿을 수 없을 만큼 적다. 도로시가 맹활약하고 있는 때문이다.

그 결과 이미 상당액이 집행되었음에도 불구하고 기금은 오히려 약간 늘어난 상태이다.

투자 수익이 집행된 금액을 넘어섰기 때문이다.

아무튼 엄한 놈 배불리는 일 없이 꼭 필요한 부분에 집행되고 있다. 하여 도움이 절실했던 불우청소년들의 자립과 갱생에 큰 도움이 되고 있다.

아무튼 이번엔 기부금 쾌척이 없다는 말이다.

"네! 내 나라부터 우선 추슬러야 하니까요."

"네! 동의합니다. 아주 중요한 문제지요."

로사는 크게 고개를 끄덕인다.

당장 얼어 죽거나, 굶어 죽을 지경인 사람들이 있는데 그보다 먼저 불우청소년의 생활환경을 개선하자고 하는 것은 어불성설임을 잘 알기 때문이다.

그렇기에 화제를 바꾼다.

"다음 질문은 한반도 중심부의 비무장지대 즉 DMZ에 관한 생각을 여쭙겠습니다. 향후 어떻게 하실 건지요?"

"거긴 생태계가 아주 잘 보전된 곳이죠."

"네! 1953년에 휴전한 이후 현재에 이르기까지 64년간 인적이 끊겼던 곳이니까요."

"자연은 자연일 때가 가장 아름답습니다. 그렇기에 현 상태를 그대로 유지하는 쪽으로 생각하고 있습니다."

"에? 그럼 대한민국과의 교역 등은…"

현재 문산에서 개성을 잇는 도로가 연결되어 있기는 하다. 그런데 현재는 사용치 않고 있다.

2016년 2월, 한국 정부가 북한의 핵무기와 미사일을 동원한 무력도발이 심화됨에 따라 더 이상 좌시하지 않겠다는 내용과 함께 개성공단을 전면 중단시켰기 때문이다.

철도는 경의선과 경원선 등을 연결하는 것을 논의한 바 있지만 운행되지 않고 있다.

"한국과의 교역은 당연히 있겠지요. 그렇다고 멀쩡한 자연을 훼손해서는 안 되지 않겠습니까?"

"그, 그렇지요."

"이미 연결된 도로가 있으니 일단은 그걸 쓰고, 철도도 연결할 수 있는 건 연결할 겁니다."

"공항과 항만은요?"

"재정비해서 선박을 이용한 교역도 해야죠."

"그렇군요. 군대는 어떻게 하실 건지요?"

"한국과는 다툴 일이 없고, 지나는 이미 멸망 상태로 접어들었습니다. 러시아와는 선린 우호 관계이고요."

"네, 그러시죠."

"국방을 위한 군대가 필요하긴 하지만 현재와 같은 수는 너무 많죠. 그래서 대부분 사회로 돌려보낼 계획입니다."

"에? 그 숫자가 상당히 많지 않은가요?"

"네! 조금 전에 언급했던 항만, 공항, 철도, 도로 등을 제대로 갖추려면 많은 인력이 필요합니다."

"아! 건설공사요?"

"주거지 개선도 시급하죠. 당분간은 제대군인들이 총동원되어야 할 겁니다."

"전하께선 전에 세금을 걷지 않는다고 말씀하셨는데요. 건설비용은 어떻게 충당할 생각이신지요."

"다행히도 돈 버는 재주가 쏠쏠합니다."

"네! 물론 그러시죠. 근데 그것만으로는…."

엄청난 부자라고 알려져 있기는 하지만 국가를 통째로 재건하는 비용에는 턱없이 부족하지 않느냐는 뜻이다.

"뭐, 없으면 없는 대로 차근차근 해나가면 됩니다. 하루아침에 뚝딱 뭘 만들 생각은 없으니까요. 온 국민이 마음과 힘을 합치면 안 될 일도 되지 않을까요?"

"그렇긴 해요. 다음 질문은요. 으음…!"

로사는 들고 있던 종이를 뒤적인다. 질문 리스트를 사전에 준비한 모양이다.

"아! 왕국이 건국되면 남한과 북한의 휴전상태는 어떻게 되는 거죠?"

"왕국은 한국전쟁과 관련이 없습니다. 따라서 당연히 소멸된다 하겠습니다."

"남한, 아니 한국의 헌법 3조에는 한반도 전체가 대한민국의 영토라고 명기되어 있는데 이건 어떻게 하죠?"

"그것 역시 저와는 관련이 없습니다."

"네?"

"대한민국 법률은 제가 만든 게 아니기 때문에 그것에 대한 언급은 하지 않겠습니다."

"아! 네에. 다음 질문은 조선민주주의인민공화국의 지도층 인사에 관한 질문입니다. 인권문제 등 여러 문제점을 야기시킨 사람들은 어떻게 할 것인지요?"

"그건 건국 이후에 생각해볼 문제입니다."

"네, 그렇겠네요."

아무 조건 없이 나라를 바치겠다는데 모조리 잡아 죽이겠다고 하면 누가 순순히 목을 내놓겠는가!

지극한 우문(愚問)이라 생각한 로사는 누가 이따위 질문을 넣어놨는지를 생각하며 질문지를 뒤적인다.

"국가 체제는 당연히 왕정이신 거죠?"

"네! 직접 통치할 생각입니다."

"그럼, 법률을 정비하는 등 여러 분야를 준비해야겠군요."

"물론이죠. 그에 따른 준비를 구상하고 있습니다."

"다른 국가와의 교류는 어찌하실 생각이신지요?"

"일단 기틀을 다져놓아야 뭘 하지 않겠습니까? 당장은 국경을 마주하고 있는 국가들만 교류할 생각입니다."

"그럼 UN 등 각종 국제기구의 가입은 어떻게 하실 생각이신지요…?"

"조금 전에도 말했듯이 대외적인 일은 왕국이 안정되면 그때 생각해 보겠습니다."

"그럼 FIFA나 IOC 가입도 나중에 하실 건지요?"

"네, 당장 먹고 살기 바쁘면 그렇게 되지 않겠습니까?"

"북한은 핵무기를 보유하고 있는 것으로 추정되는데 그건 어찌할 생각이십니까?"

"핵무기뿐만 아니라 생화학 무기가 있다면 전부를 폐기할 생각입니다."

"에? 군대를 해산시키고, 무기까지 폐기하면 자위수단이 부족하지 않겠습니까?"

로사는 조금 염려스럽다는 표정이다.

"아! 군대를 전부 해산시킬 것은 아닙니다. 최소한의 자위수단은 필요하니까요."

"물론 그러서야죠. 꼭 그러서야 합니다."

세계 최고의 부자이자 천재인 현수가 욕심 많은 어느 국가에 의해 험한 꼴을 당하는 걸 보고 싶지 않은 모양이다.

"염려해 주셔서 감사합니다."

"건국 선언은 어디에서 하실 건지요?"

"평양에서 해야 하지 않겠습니까?"

"손님은 부르실 건가요?"

"뭐, 인접 국가엔 초청장을 보내야죠."

"인접 국가만 부르실 건가요?"

이실리프 왕국의 건국은 현재 초미의 관심사이다. 전 세계 거의 모든 국가에서 예의 주시하고 있는 상황인 것이다.

막무가내로 몽니를 부리던 깡패 국가 북한이 사라진다는 것만으로도 다들 환영이다.

핵무기 개발, 미사일 발사, 위조지폐 발행, 마약 유통, 군사 고문 파견 등으로 여럿의 눈살을 찌푸리게 했었다.

게다가 20세기 이후 처음으로 등장하는 왕정국가이다. 그런데 국왕위에 오를 사람이 하인스 킴이다.

현존 최고의 인공지능인 알파고를 상대로 18전 18승을 기록한 세기의 천재이자 세계 최고의 투자자 겸 부자이다.

하여 각국의 언론사들은 곧 다가올 3월 1일을 고대하고 있다. BBC라 하여 예외는 아니다.

"외국 언론은요?"

"일단 러시아와 한국 방송사는 불러야겠지요."

"에? 거기만요? 아이, 저희 BBC도 불러주세요."

"하하! 그래요. 그때 또 만납시다."

러시아의 국영언론인 타스통신과 Your—Y, Y—뉴스, Y—채널은 당연히 부를 생각이었다.

여기에 BBC와 CNN, 그리고 프랑스 앵포(Info)와 독일의 ARD도 추가한다.

이밖에 우크라이나, 벨라루스, 콩고민주공화국, 아제르바이잔, 바하마의 방송사도 각각 하나씩 초청한다.

이 정도면 충분하다. 너무 많으면 번잡스럽기만 하다.

"네! 감사드려요. 그리고 긴 시간 동안 여러 질문에 대해 답변을 해주셔서 또 감사드리고요. 다시 한번 건국과 더불어 즉위하심을 감축드려요."

"그래요. 고맙네요."

자리에서 일어난 현수는 로사와 악수를 하고 헤어졌다.

중간 과정이 생략되었지만 이번 인터뷰에선 상당히 많은 주제들이 다뤄졌다. 정치, 경제, 종교, 교육, 행정, 산업, 국방, 과학, 기술, 환경, 외교, 무역 등이다.

그중 교육에 관한 내용은 다음과 같았다.

대한민국의 헌법엔 국민이라면 예외 없이 누구나 지켜야 할 4대 의무가 있다. 그리고 이 의무를 다하지 않으면 법률에 의거한 불이익을 받을 수 있다.

흔히 '국민의 4대 의무'라 칭해지는 이것은 '국방, 납세, 교육, 그리고 근로의 의무'를 칭한다. 이밖에 헌법에 따른 '환경 보전의무와 재산권 행사의 공공복리 적합의무'도 있다.

이실리프 왕국엔 국방, 납세, 근로의 의무가 없다.

강제로 군에 입대시키거나, 세금을 징수하고, 어딘가에 취업해서 일을 하라고 강요하지 않는다.

다만 누구나 일정 수준 이상의 교육은 받아야 한다. '교육의 의무'만 있는 셈이다.

사람으로 태어났다면 최소 읽고, 쓸 수 있는 능력과 시계를 볼 수 있고, 4칙 연산 정도는 할 수 있어야 한다.

그러므로 누구나 중학교까지는 졸업해야 한다.

죄를 지어 교도소에 수감된 상황이라 하더라도 예외 없이 일정 수준 이상의 공부를 해야 한다.

다만 현재의 대한민국보다는 훨씬 낮은 수준의 학습이다.

예를 들자면 현재의 중3 수학 교과과정에 있는 2차방정식은 고3 때 배우게 된다.

중3 수학 1학기 후반부엔 현재 중1 때 학습하는 1차 방정식의 활용을 배우게 된다.

실생활에 사용될 수 있기 때문이다. 이보다 뒤의 단원인 좌표평면과 그 그래프는 학습하지 않는다.

학습 난이도를 상중하로 구분하자면 개념만 이해하고 있으면 쉽게 풀 수 있는 '하'에 해당되는 수준이다.

현재의 중학교 3학년 학생이 초등학교 4학년 산수 문제를

푸는 정도인 것이다.

현대 중3 수학 중엔 통계 단원이 있다.

대푯값과 평균, 중앙값, 최빈값, 산포도와 편차, 분산과 표준편차, 도수분포표에서의 분산과 표준편차를 학습하도록 교과과정이 짜여 있다.

이 중에서 대푯값과 평균, 중앙값, 최빈값까지만 학습하고 나머지는 모두 대학에서 배운다.

이보다 상위개념이 필요한 문제나 일상생활에서 쓰일 확률이 낮은 미분, 적분, 벡터, 행렬, 기하, 수열, 극한, 순열, 로그 등은 대학에서 전공과목으로 학습토록 한다.

이렇게 쉬운 데도 성취도가 낮으면 일정 수준에 이를 때까지 반복해서 재수강을 해야 한다.

아무튼 초등학교와 중학교 과정까지는 일률적이지만 고등학교부터는 재능과 성취도에 따라 학교가 달라진다.

천재와 머저리를 한 교실에 넣고 수업을 하는 것은 결코 적절하지 않기 때문이다.

아울러 국가에 필요한 인재 양성은 꼭 필요한 일이다.

그렇기에 재능 및 소질과 학업성취도에 따라 진학할 고등학교를 정해주고 수준별 수업을 진행토록 한다.

일반 고등학교는 이과, 문과로 구분되지만 특성화 고교는 예능, 체육, 요리, 공업, 기술, 농업, 상업, 컴퓨터, 보건, 미용, 관광 등으로 다양하게 세분화된다.

졸업을 하면 바로 사회로 진출하는 것이 목표이다.

학업성취도가 높았거나 재능이 뛰어난 재원들은 특수고교로 진학된다.

이들은 전원 기숙사 생활을 한다.

학비, 식대, 기숙사비가 전액 무료이고, 교복 및 일상복도 무상으로 지급된다. 그리고 대학까지 모두 마치면 적재적소에 배치되어 본인의 능력을 발휘하도록 한다.

특수고교는 수능 같은 시험을 치러 뽑지 않는다.

그랬다가는 과도한 사교육비로 부모의 등을 휘게 만들 수 있기 때문이다.

일단은 초등학교 입학부터 중학교 졸업까지의 교과목 학업성취도와 교우관계 등을 보고 판단한다.

봉사와 동아리 활동도 평가에 포함되는데 진심이 우러난 행동이 아니라고 판단되면 가점은 없다.

각종 콩쿠르나 대회의 수상 경력도 감안은 한다.

그런데 아무리 뛰어난 성적을 거뒀다 하더라도 인성이 글러 먹은 것들은 특수고교로의 진학이 불허된다.

부모가 누구든, 돈이 얼마나 많든 전혀 영향받지 않는다. 아무리 그래 봐야 국왕의 권위보다 한참 낮기 때문이다.

이는 법률에도 분명히 명기된다.

그럼에도 학연이나 혈연을 이용하는 등 여러 부정한 방법으로 특수고교에 입학시키려는 부모가 있을 수 있다.

아울러 부탁을 받거나 뇌물 또는 향응을 제공받고 부화뇌
동하는 자도 있을 수 있다.

의견만 주고받는 정도라면 그냥 놔두지만 일단 구체적인 행
동이 시작되면 둘 다 응분의 처벌을 받는다.

모의가 실행으로 옮겨지는 즉시 체포조가 출동된다. 당연
히 그간의 모든 증거 및 정황이 수집되어 있다. 죄질에 따라
처벌 정도가 다른데 최하가 직장에서 쫓겨나는 것이다.

공무원이라면 법률에 따라 즉각 파면이다.

의사나 변호사 등 자격증 또는 면허증을 가지고 자영업을
하는 경우라면 그 증서를 취소시킨다.

음식점이나 카페 사장 등 개인사업자는 사업자등록이 해제
되어 더 이상 영업을 할 수 없도록 한다.

법인의 대표 역시 사업자등록증 말소라는 통보를 받는다.

다시 말해 부정한 방법을 쓴 자는 직업을 잃는다. 그리고
자격증, 면허증, 사업자등록증 등의 재취득은 불가하다.

아울러 국영 및 공영기업에 재취업할 수 없도록 블랙리스트
에 올린다.

그릇된 자식 사랑으로 인해 본인의 인생까지 작살날 수 있
는 것이다.

Chapter 11

—

투표권 제한

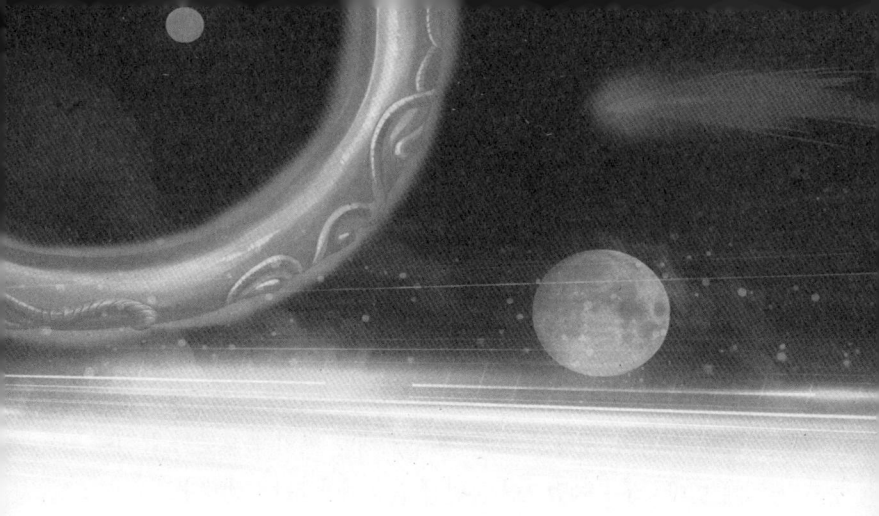

이에 극렬히 반발하면 그 정도에 따라 국외로 추방될 수도 있다. 당연히 국적 박탈 상태로 쫓겨난다.

추방되는 곳은 본인 선택이 아니라 왕국이 무작위로 선택하는데 결코 살기 좋은 나라로 보내지 않는다.

참고로, 2017년 1월 현재 세계 범죄율 1위는 베네수엘라이고, 2위는 파푸아 뉴기니, 3위 온두라스이다.

뒤를 이어 남수단, 남아프리카공화국, 나이지리아, 엘살바도르, 브라질 등이 포진해있다.

이들 국가의 공통점은 정부가 제 역할을 하지 못하여 치안이 불안하다는 것이다. 아울러 시민의식이 낮고, 생활하기 어려워 생계형 범죄가 어마어마하게 많다.

그곳으로 보내지면 아마 얼마 지나지 않아 시체가 되거나 거지가 되어 거리를 유랑하다 굶어 죽게 될 것이다.

한편, 이실리프 왕국의 형사 성년의 나이는 10세이다.

만 10세가 지나면 모든 행위에 대한 책임이 오롯이 본인에게 있다. 죄를 지었으면 본인이 감당해야 하는 것이다.

학교폭력, 성매매 강요, 절도, 사기 등으로 적발되면 예외 없이 교도소에 수감된다.

왕국의 법률엔 집행유예가 없기 때문이다.

어떤 죄수든 수감 초기 3개월은 연쇄 살인마 같은 흉악범과 같은 감방에서 지내야 한다.

사실 실제 흉악범인 것은 아니다.

일부러 인상 고약하고 살벌하게 만든 안드로이드들이 실감나게 연기하는 것이다.

신장 195㎝, 체중 130㎏에 전신이 문신으로 뒤덮여 있고, 피지컬은 거의 아놀드 슈워제네거 급이다.

누가 있어 감히 덤벼들 생각이나 하겠는가!

이들의 연기는 너무나 생생해서 진짜 살인마인 것처럼 느껴진다. 하여 아무 죄 없는 교도관들조차 오금이 저린다.

흉악범이 저지른 범행은 5인 이상 연쇄살인을 한 후 시신을 토막 내고, 인육을 생(生)으로 섭취한 것이다.

웬만해서는 절대로 저지를 수 없는 범죄행위이다.

언제 사형이 집행될지 알 수 없는 사형수 연기를 하는데 그 언행이 너무나 살벌해서 같이 있는 것만으로도 공기가 서늘해짐을 느낄 정도이다.

하여 같이 있는 동안 여러 번 오줌을 지릴 수 있고, 날마다 산 채로 잡아먹히는 악몽에 시달릴 수도 있다.

모든 죄수들로 하여금 이들과 3개월 동안 숙식을 같이 하게 하는 이유는 재범 확률을 낮추기 위함이다.

다음에 또 죄를 지어 교도소에 수감되면 온몸의 뼈를 모두 분질러서 기어 다닐 수조차 없게 한다는데 어찌 다시 보고 싶겠는가!

이는 헛소리나 단순한 위협이 아니다.

이들과 3개월 생활을 마치고 다른 감방으로 보내지기 직전에 영상 하나를 보게 된다.

출소 후 또다시 죄를 지어 흉악범과 재회한 죄수들 여럿이 곤죽 상태가 되어 실려 가는 영상이다.

이는 영화처럼 연출된 것이다.

그런데 무지막지한 폭력에 시달리는 동안 지르는 비명과 고통에 찬 표정, 그리고 흘러나오는 선혈은 너무도 진짜 같다.

병원으로 옮겨진 후엔 짓뭉개지고 엉망진창이 된 내장을 꺼내서 꿰매는 모습도 보여준다.

PTSD를 고려하여 모자이크 처리된 영상이지만 오히려 그것이 더 생생하게 느껴지는 효과를 낸다.

의과대학에선 해부실습용 시신(Cadaver)으로 해부학을 학습한다.

그런데 필요한 만큼의 인간 시신을 확보하는 것이 쉽지 않다. 기증자가 줄었기 때문이다.

하여 정교하게 만든 인조 카데바를 사용하는 추세이다.

영상에 등장하는 짓뭉개진 사람은 이실리프 왕국에서 제작한 인조 카데바이다.

냄새로 확인하지 않는 이상 진짜와 완전히 똑같다.

그러니 결국은 수술대 위에 생을 다하는 죄수의 모습은 차마 꿈에서 다시 볼까 두려울 것이다.

아무튼 3개월의 동거를 끝내고 한 평 남짓한 독방으로 보내지면 형기를 마칠 때까지 홀로 생활하게 된다.

정해진 시간에만 물이 공급되는 세면대와 침상, 그리고 용변을 처리할 진공 변기만 있을 뿐이다.

TV와 라디오 등 일체의 가전제품과 책 · 걸상은 없다.

면회와 편지는 분기에 한 번만 허락되고, 외부음식이나 사적인 물품은 아무것도 들일 수 없다.

당연히 매점도 없다. 주어지는 것만 먹고 지내야 하는데 음식 맛은 진짜 별로이다.

러시아 시베리아에 위치한 검은 돌고래 교도소에는 종신형에 처해진 죄수들만 수감된다.

사망하면 내부 공동묘지로 보내지므로 한번 들어가면 다시는 나올 수 없는 곳이다.

이곳에서는 빵과 스프를 배식하는데 죄수들의 생명유지가 목적이므로 맛에 전혀 신경 쓰지 않는 것으로 유명하다.

왕국의 감방에서 먹는 음식 또한 맛없기로 버금가게 될 것이다. 매번 시거나 떫고, 때로는 쓰고, 맵고, 짜다.

여름엔 엄청 덥고, 겨울엔 몹시 춥다.

죄를 지어 수감된 것들에게 베풀 아량은 없기 때문에 냉방과 난방을 거의 하지 않기 때문이다. 다만 더위에 지쳐 죽거나 얼어 죽지 않을 정도의 조치는 취해준다.

방마다 전등이 있기는 하지만 일몰 후에만 잠시 점등되고 밤 10시가 되면 일괄 소등이다.

기상은 오전 6시이고, 일어나면 1시간 30분 동안 체력 유지를 위한 맨손체조를 해야 한다.

씻고 나면 8시에 배식구를 통해 아침 식사가 제공된다. 적당히 간이 된 야채죽과 빵이다.

더럽게 맛이 없겠지만 필요한 영양소는 두루 갖추기에 비타민 결핍증 같은 질병에는 걸리지 않는다.

식사 후엔 양치를 한다.

칫솔 자루를 날카롭게 갈아서 자해할 우려가 있기에 사용한 칫솔은 세척된 식판과 함께 내놓아야 한다.

식판을 허투루 닦아 배출하면 태형으로 처벌받는다. 최초엔 3대지만, 횟수가 늘어날 때마다 1대씩 늘어난다.

그러다 5회 이상이 되면 고정된 배식판이 들어오는데 스프만 공급하므로 먹으려면 바닥에 엎드려서 핥아야 한다.

거의 개가 되는 셈이다.

그래도 반성의 기미가 보이지 않으면 배식량을 줄인다. 배가 고파봐야 말을 듣기 때문이다.

그렇게 1개월 동안 생활하고, 반성했다고 판단되면 다시 식판을 이용한 식사를 할 수 있다.

아침 식사를 마치면 취침 전까지 누워있을 수 없다.

편히 쉬게 내버려두지 않는 것이다. 서 있거나 앉아 있어야 하는데 벽에 등을 기대는 것은 금지이다.

만일 그러면 감방 벽에 전류가 흐른다. 약한 테이저건에 맞는 수준의 고통을 겪으면 정신이 번쩍 들 것이다.

모든 감방엔 CCTV가 설치되어 있고, 24시간 내내 A.I에 의해 감시된다.

따라서 자살을 시도하는 등의 자해행위는 결코 성공할 수 없다.

참고로, 학교폭력의 최소 형량은 징역 3년이다. 그리고 모든 폭행은 중첩되어 처벌된다.

예를 들어, 처벌받을 수준의 폭력을 10회 행사했다면 징역 30년이고, 20회면 60년이 최소 형량이다.

그런데 왕국엔 집행유예뿐만 아니라 감형, 가석방, 외출이나 외박 같은 귀휴(歸休) 및 모범수 제도가 없다.

다시 말해 일단 수감되면 정해진 형량을 다 채워야 비로소 바깥세상을 구경할 수 있다.

형기만료 사흘 전에는 처음 머물렀던 흉악범이 있는 감방으로 보내진다. 또다시 죄를 지어 교도소에 들어오면 어떤 일을 겪게 될지 상기(想起)시키기 위함이다.

출소를 하더라도 완벽히 자유로운 것은 아니다.

겉보기엔 아무런 감시도 없는 것 같겠지만 최소 10년은 도로시의 눈길하에 있다.

출소 후 직업을 가지게 되면 수감되어 있는 동안 들었던 각종 비용을 정산해야 한다.

죄수복, 침대보, 이불, 세탁비, 식대, 칫솔, 치약, 비누, 전기 등의 값을 치러야 하는 것이다.

바가지를 씌우진 않지만 수감 기간이 길면 길수록 갚아야 할 돈이 많아진다. 한 번에 다 치를 수 없다면 매월 얼마씩 고정적으로 빠져나가게 한다.

아마 지긋지긋하게 느껴질 것이다. 그리고 다시는 교도소에 가지 않기 위해 노력할 것이다.

흔히 한번 실수는 병가지상사라고 한다.

싸움에 이기기도 하고 지기도 하는 것처럼 모든 일에는 성공과 실패가 있을 수 있으므로 매사 크게 개의치 말고 최선을 다하라는 뜻이다.

그래도 지는 것보다는 이기는 것이 좋고, 하지 말라는 짓은 안 하는 것이 좋다.

똥은 꼭 찍어 먹어봐야 알 수 있는 것이 아니기 때문이다.

이실리프 왕국은 다 같이 평화롭게 공존하는 것을 추구한다. 하여 초창기엔 일벌백계로 다스릴 계획이다.

그래야 사회 분위기가 잡히기 때문이다.

로사는 관료 임명에 관한 질문도 했다.

"단체장은 어떻게 임명하실 건지요? 선거를 하나요?"

"아뇨! 왕국의 모든 관리들은 제가 직접 임명합니다. 선거라는 제도가 얼핏 보면 민심을 살필 수 있는 제도처럼 여겨지기는 합니다."

"네! 그렇죠."

"그런데 항상 올바른 판단만 하는 것은 아니죠."

"그런가요?"

"이 대목에서 반문하고 싶네요."

"네? 뭘요?"

"브렉시트 말입니다. 정말 영국의 민심이 제대로 반영된 것인가요?"

2016년 6월의 투표율은 72.2%였고, 이 중 51.9%가 찬성했다.

투표를 하지 않은 27.8%와 반대에 기표했던 48.1%의 뜻을 완벽하게 대표했다고는 볼 수는 없다.

"아…!"

로사는 고개를 끄덕인다.

지난 2013년, 영국의 캐머런 총리는 EU로부터 탈퇴하는 브렉시트 여부에 대한 국민투표를 하겠다고 밝혔다.

2015년 5월 총선을 앞두고 EU체제에 반감을 가지고 있는 보수당 내 강경파들을 무마시키기 위한 전략이었다.

영국의 정치권은 실제로 가결될 것이라는 예상을 하지 못했다. 그런데 가결되어 버리자 크게 당황했다.

곧이어 엄청난 반발과 혼란이 있었다.

예상치 못한 이변(異變)이 일어났는데 손 쓸 방도가 없어 한동안 우왕좌왕하는 모습을 보여주었다.

한국에서의 투표를 보면 가끔 한숨이 나온다.

예전엔 고무신 한 켤레를 받고는 찍어달라는 곳에 기표했다. 무지몽매함의 극치라 할 수 있겠다.

얼마 후 관 속으로 들어갈 노인들이 기를 쓰고 투표를 하러 기어 나온다.

반드시 폐간시켜야 할 황색 찌라시의 지속적인 세뇌에 속아 그릇된 판단을 하는 주범들이다.

대한민국의 선거제도는 반드시 혁파(革罷)되어야 한다. 그중 몇 가지를 짚어보면 다음과 같다.

1. 선거 당일 기준 70세 이상 입후보 금지
2. 20세 이상부터 75세 미만까지만 투표
3. 1인 1표 제도 수정
4. 동포 및 재외국민 투표권 회수
5. 귀화 10년 이내인 외국인의 국내정치 참여 제한
6. 현수막 및 선거공보물 등 제작 금지
7. 선거비용 보전제도 수정

나이가 많으면 판단력이 흐려질 수 있고, 체력도 저하된다. 따라서 70세 이상의 공직 선출은 가급적 배제해야 한다.

그리고 무조건 1인 1표로 하면 안 된다.

전 세계가 우러를 식견과 도덕성을 두루 갖춘 사람과 평생 폭력이나 휘두르며 살았고, 늘 술에 취해 있는 인간 말종에게 똑같은 한 표를 부여한다는 건 말이 안 된다.

따라서 최소 3년에 한 번은 모든 유권자로 하여금 국내 및 세계의 정치, 경제, 시사, 산업, 외교, 도덕 및 윤리 등의 소양을 묻는 시험을 치르게 하여야 한다.

그리고 그 결과에 따라 1인 1~1,000표 정도로 구분함이 현명한 일일 것이다. 문제는 이 표수 차이가 사회적 신분을 구분하는 지표로 악용될 수 있다는 점이다.

따라서 다만 누가 몇 표를 행사할 수 있는지는 오로지 선거 관리위원회의 인공지능만 알 수 있도록 해야 한다.

본인도 표수를 몰라야 하는 것이다.

다음은 가치관이 제대로 확립되지 않은 청소년과 언제 치매에 걸려 해롱거릴지 모르는 노인의 투표제한이다.

지도자로 누구를 뽑는지에 따라 국가와 국민에 도움이 될 수도 있고, 해가 될 수 있기에 올바른 식견을 가진 사람들의 의견을 물어야 한다.

공부를 잘한다 하여 정치, 경제, 및 시사까지 모두 꿰고 있는 것이 아니다. 아울러 나이 먹었다 하여 모두가 현명한 것은 결코 아니다.

따라서 투표 당일 기준으로 20세 미만과 75세 이상은 투표권을 제한해야 한다.

이는 시민권 또는 영주권을 가진 동포들도 마찬가지이다.

엄밀히 말하자면 그들의 신분은 외국인이다. 그런데 국가의 중요한 결정에 참여할 권리를 주는 것은 말이 안 된다.

자칫 집단 투표로 인하여 민심 왜곡이 될 수 있기 때문이다.

아울러 외국에 있는 재외국민들에게 투표하게 하는 것도 자제해야 한다. 너무 많은 비용이 들기 때문이다.

재외국민들은 얼마나 오래 외국에 머물렀는지, 또 앞으로 얼마나 더 머물 것인지를 가늠할 수 없다. 이러니 국내 현안에 대한 판단을 맡기는 것은 어리석은 일이다.

그리고, 그들은 언제 외국 국적을 취득할지 알 수 없다.

그렇게 되면 완전한 외국인이 되는 셈이니 많은 비용을 들여 배려하는 것은 자칫 예산 낭비가 될 수 있다.

한국 국적을 취득한 외국인들의 국내 정치활동 참여도 제한되어야 한다. 국적을 취득하였다 하여 바로 피선거권과 투표권을 주는 것은 바람직하지 않다.

국내 관습 및 정치 상황 등을 잘 모르기 때문이고, 원래 국적 국가와의 이해관계가 상충되는 사안이 있을 수도 있다.

어떤 외국인이 한국 국적을 취득했다 하여 반드시 국익을 우선시한다고 누가 장담하겠는가!

따라서 국적 취득 후 최소 10~20년 이상 국내 거주를 했을 때에만 피선거권과 투표권을 주는 것이 바람직하다.

그리고, 선거 때만 되면 수없이 많은 현수막들이 거리 곳곳에서 나부낀다. 벽보와 포스터는 또 어떤가!

게다가 모든 유권자에게 선거공보물이 보내진다. 거의 대부분 뜯어보지도 않고 곧장 폐지로 버려지는 것이다.

불과 며칠 후면 모두 쓰레기가 된다. 이런 걸 제작하기 위해 쓰이는 돈과 자원, 인력 소비 등이 너무나 아깝다.

현재는 거의 모든 유권자가 휴대폰을 소지하고 있는 세상
이다. 그리고 각각에게 후보에 대한 정보를 맞춤식으로 발송
해줄 필요 충분한 기술력을 갖추고 있다.

예를 들어, 본인이 속한 지역구에 누가 입후보했는지, 그 인
물이 어떤 이력과 정치 성향을 가졌는지 등을 문자 메시지를
통해 충분히 알릴 수 있다.

모든 휴대폰 사업자들이 가입자의 주소를 파악하고 있기에
가능한 일이다. 이를 개인정보보호법 위반이라고 입에 거품을
무는 종자들이 있을 수 있다.

그런데 선거에 최적화된 알고리즘에 따라 자동으로 각각이
투표할 후보자들의 정보를 제공만 할뿐이다.

다시 말해 유권자 정보를 후보자 진영으로 유출시키는 일
이 아니다. 따라서 법에 저촉되는 행위가 아니다.

어쨌거나 IT 기술이 고도로 발달된 대한민국은 손가락 몇
번만 움직이면 누구나 각종 선거 정보를 확인하거나, 제공받
을 충분한 기술력을 갖추고 있다.

이러니 구태의연하게 자원을 낭비하고 환경을 오염시키는
현수막과 벽보, 포스터 및 선거공보물 등의 제작을 엄히 금지
시켜야 한다.

아울러 유세차가 거리를 떠도는 것도 못하게 해야 한다. 시
끄럽게 뭔가를 떠들지만 대다수는 큰 관심이 없다.

따라서 유세차 운행은 괜한 연료를 소모시키고, 매연을 내뿜으며, 소음과 진동 및 분진 등을 발생시키는 일일 뿐이다.

대한민국의 16대 대선은 후보가 7명이었다.

17대 때는 12명이었고, 18대엔 7명, 이번 19대 대선은 무려 15명이나 입후보했다.

다들 알다시피 15명 중 한 명만 대통령이 되었고, 나머지 14명은 손가락만 빨게 되었다.

그런데 너무 많은 수가 입후보했다. 누가 봐도 안 될 걸 뻔히 짐작함에도 출마하는 사람들의 심중이 궁금하다.

아무튼 후보 난립은 민의를 흩어지게 하는 악영향을 끼칠 수 있다. 따라서 후보는 둘이나 셋 정도가 가장 적합하다.

입후보 전에 토론 등을 통해 사전 검증을 하여 후보자 수를 대폭 줄일 필요가 있다.

대한민국은 매 5년마다 대통령 선거를 치르고 있다. 이에 입후보하려면 일단 기탁금으로 3억 원을 내야 한다.

그리고 선거운동을 하는 동안 많은 비용을 지불하게 된다.

19대 대선을 예로 들면 각각의 후보는 선거비용으로 최대 509억 9,400만 원까지만 쓸 수 있었다.

그런데 이 금액을 0.5% 이상 초과 지출하여 후보자 선거사무장이나 회계책임자가 징역형 또는 300만 원 이상의 벌금형을 선고받으면 당선무효가 된다.

그리고 사용된 선거비용은 '선거운동의 기회 균등과 선거 공영제 원칙'에 따라 유효투표 총수의 15% 이상 득표하면 전액을 보전해준다.

다시 말해 후보자가 15% 이상 득표하면 최고 509억 9,400만 원까지 되돌려 받게 된다는 뜻이다.

10% 이상 15% 미만일 때에는 절반만 보전하고, 10% 미만 득표는 아무것도 보전해주지 않는다.

이런 경우 후보자가 선거비용 전부를 부담해야 하는 상황이 되는 것이다.

그런데 어떻게 생각하면 총투표수의 15% 득표는 그리 어렵지 않은 일인 것처럼 느껴질 수도 있다.

그래서 그런지 입후보하는 사람들이 많은 것이다.

따라서 기탁금은 그대로 두되 30% 이상 득표할 때에만 선거비용을 보전해주는 것으로 제도를 바꿔야 한다.

그 이하는 전액 본인 부담이다.

이래야 어중이떠중이, 개나 소나 대선 후보가 되어 민의를 흐트러뜨리는 것을 차단할 수 있다.

아울러 선거비용제한액을 크게 낮춰야 한다.

현재는 '인구수 × 950원'이 선거비용제한액이다. 509억 9,400만 원이 이렇게 계산한 결과이다.

그런데 현수막과 선거공보물, 벽보, 포스터 제작, 그리고 유세차 운행을 못 하게 하면 이렇듯 큰 금액이 들지 않는다.

따라서 '인구수 × 100원' 정도면 적절하다.

현재의 유권자가 그대로 유지된다면 20대 대선 때엔 선거비용제한액이 53억 6,778만 원으로 줄어든다.

법률로 정한 대통령 선거기간은 23일이다.

후보자는 이 기간 동안 각종 토론과 정견발표 등을 할 수 있다. 이때 입을 의복비와 방송용 피켓 제작비, 유투브 제작 및 SNS 비용으로는 차고도 넘칠 것이다.

예전처럼 방방곡곡을 돌아다니며 목청 터져라 길 가는 사람들을 불러 모아 연설하는 일이 사라지기 때문이다.

만일 3명이 입후보하고 모두 30% 이상 득표하더라도 보전해줄 비용은 총 161억 334만 원에 불과하다.

참고로, 19대 대선에선 15% 이상 득표가 3명이었다. 당선자는 41.08%, 나머지 둘이 각각 24.03%와 21.41%였다.

하여 보전비용으로 1,529억 8,200만 원이 지출되었다.

만일 20대 대선 때에도 같은 득표율을 보인다면 보전해줄 금액은 53억 6,778만 원으로 줄어든다.

득표율 30% 이상이 단 한 명이기 때문이다.

이때의 보전금액은 19대 대선 때의 28분의 1 이하이다. 무려 1,476억 1,422만 원이 절감되는 것이다.

이 금액 중 일부는 투표 후 추첨을 통해 상금으로 지급하는 것이 어떨까 싶다. 투표율이 올라가면 민의(民意)를 보다 확실하게 가늠할 수 있기 때문이다.

예를 들어, 절감된 금액 중 500억 원을 투표율 제고를 위한 기금으로 사용한다.

당첨자 수가 5만 명이라면 1인당 100만 원씩 지급받고, 50만 명이라면 1인당 10만 원이다.

투표에 참여하기만 하면 자동으로 응모되고, 로또복권보다 훨씬 높은 확률로 당첨금을 수령할 수 있다.

19대 대선 때 선거인명부를 기준으로 하면 연령별 유권자 수는 다음과 같다.

10대가 98만 명, 20대 659만 명, 30대 667만 명이다.

40대는 815만 명, 50대 862만 명, 60대 722만 명, 70대 이상 590만 명이었다.

이를 감안하면 20세 이상 75세 미만 유권자 수는 약 3,850만 명이었다.

그리고, 19대 대선의 투표율은 77.2%이었다.

이는 20년 만에 최고 기록이다.

선거에 참여하면 상금을 받을 수 있다고 하면 아마 투표율은 상당히 높아질 것이다.

만일 유권자의 90%가 투표에 참여한다면 자동으로 응모되는 인원은 약 3,500만 명이다.

이 중 5만 명이 당첨되면 그 확률은 약 0.143%이고, 50만 명이라면 1.43% 남짓이다.

참고로, 로또복권 당첨확률은 0.000012%에 불과하다.

따라서 10만 원에 당첨될 확률은 로또보다 11만 7,500배나 크다. 이러면 90% 이상 투표율도 기대해볼 수 있겠다.

사실 투표하는 것은 그리 어려운 일이 아니다.

그리고 유권자라면 누구나 당연히 참여하여 국민의 뜻을 알려야 하는 권리행사이다.

그럼에도 투표율이 낮았는데 이런 방법을 쓰면 거의 모든 유권자들이 투표소를 찾게 될 것이다.

어쨌든 3명의 후보 중 당선자를 제외한 나머지 둘이 제한액을 꽉꽉 채워서 사용했는데 30% 미만 득표를 한다면 선거 이후 빌빌거리게 된다.

낙선 후 빈털터리가 되는 꼴을 보면 혹시나 하는 마음으로 입후보하는 바보들이 줄어들 것이다.

아무튼 국가와 국민을 위해 일하게 될 대통령을 선출하는 것은 매우 중요한 일인 것만은 분명하다.

그래도 선거비용을 줄일 수만 있다면 확실히 줄이는 편이 낫다. 전부 국민이 낸 혈세로 치르는 행사이기 때문이다.

후보가 난립하지 않으면 누구에게 기표할 것인지 마음 정하기도 쉽고, 여러 비용도 덜 들어가니 앞으로는 꼭 이렇게 하기를 바란다.

어쨌거나 새로운 정권이 들어서면 장관부터 시작하여 상당히 많은 공직자들이 새롭게 임명된다.

그런데 속담에 '열 길 물속은 알아도, 한 길 사람 속은 모른다.' 는 말이 있다. 외국에도 유사한 뜻의 속담이 있다.

Men and melons are hard to know.
사람과 멜론은 그 속을 알 수가 없다.

둘 다 겉으로 보이는 것이 전부가 아니라는 의미이다.

새 대통령이 당선되면 장관 자리를 노리는 자들이 있게 마련이다. 이들의 공통점은 겉보기엔 사회적으로 성공했고, 인품이 좋아 보이는 사람이라는 것이다.

한편, 향 싼 종이에선 향내 나고, 생선 싼 종이에선 비린내가 나지만 인품은 냄새로 분별되지 않는다.

그래서 그런지 새 대통령이 장관 제의를 하면 슬쩍 사양하는 척하다 이내 용비어천가를 외치곤 한다.

물론 개중엔 그 자리에 걸맞은 인물이 있기는 하지만 상당수는 권력욕, 명예욕, 물욕에 눈이 먼 속물들이다.

장관이 되면 허리를 직각으로 꺾는 아랫것들의 과한 예를 받으면서 흐뭇해하는 한편 이권(利權)에 개입하여 한몫 단단히 챙기려 한다. 일가친척과 친지들은 덤이다.

그렇게 생긴 재물로 대대손손 떵떵거리며 사는 것이 최종 목표인 속물 중에서도 속물이 대다수이다.

대한민국의 역대 장관 중에는 겉보기엔 괜찮아 보였지만

속을 들여다보면 온통 썩은 내가 진동하는 쓰레기 중에서도 개 쓰레기들이 있었다.

채용 비리, 입시 비리, 특혜 편입학, 병역 의혹, 부동산 투기, 논문 짜깁기, 위장전입, 연구비 횡령, 주가 조작, 음주 운전, 사기 등 온갖 비리를 다 저질러놓은 것들이 즐비하다.

대통령이라 하여 국내의 모든 인사들을 훤히 꿰고 있는 것은 아니다. 하여 믿을 만한 사람이 추천하면 그중 내키는 자에게 장관 자리 등을 제의한다.

이럴 때 스스로 부족함 또는 부적절함을 안다면 알아서 물러서야 함이 마땅하다.

그게 분수를 아는 것이며, 미덕(美德)이다.

그런데 대부분은 그러지 아니한다.

어떤 자는 장관이 되자 이전의 이미지를 모두 버리려는 듯 완전히 안면몰수를 하곤 온갖 전횡을 부렸다.

본인보다 훨씬 나이가 많은 원로에게 반말을 찍찍하고, 국정감사장에서 기자들에게 반말과 욕설을 내뱉었다.

생방송 중에도 쌍욕을 한 것은 지극히 저렴한 인성을 적나라하게 드러낸 일이라 하겠다.

장관으로써 임무를 수행할 자질이 부족했고, 수준 이하의 인간이었음을 만천하에 공개한 것이다.

이처럼 나중에야 어떻게 되든 일단 자리부터 잡으려 한다. 그리고 일단 임명이 되면 곳곳에 본인의 수족부터 심는다.

그래야 은밀히 온갖 특혜를 베풀 수 있고, 막대한 이권에 개입하여 큰돈을 거머쥘 수 있기 때문이다.

비단 장관들만 그런 것은 아니다.

Chapter 12

—

명품 브랜드의 탄생

　행정부와 사법부 등에 포진한 고위 공직자 중에도 참으로 후안무치한 개새끼들이 널려있다.

　그렇기에 국가발전이 더뎠고, 사회통합이 어려웠다.

　친일청산을 못 한 채 요 모양 요 꼴이 되도록 세월만 보낸 것도 따지고 보면 개만도 못한 권력자들 때문이다.

　양심과 능력을 겸비한 인재들이 온 힘을 다해 진심으로 봉사했다면 대한민국은 이미 선진국 중에서도 손꼽히는 일류국가가 되어 떵떵거리고 있어야 한다.

　그래서 지나와 일본을 비롯한 외국의 몽니나 시비 따위는 우습게 여기는 시절이어을 것이다.

그러고도 남을 위대한 역량을 가진 민족이 모여서 사는 국가이기 때문이다.

그런데 이 대목에서 인구에 회자되는 말이 있다.

나라에 돈이 없는 게 아니라, 도둑이 너무 많다.

국가를 위해 일할 테니 제발 뽑아달라고 하여 그렇게 하면 먼저 본인 금고부터 채우고, 임기가 끝나면 나 몰라라 하는 도둑들이 권력자였다.

현수의 명에 따라 집행된 대대적인 새치 뽑기 작업은 이제 거의 막바지 단계에 접어들었다.

언론계, 법조계, 정계, 재계, 학계, 군부, 행정부, 종교계, 예술계, 연예계 등 사회 전역에 두루 널려있던 쓰레기들은 거의 대부분이 솎아진 상태이다.

그렇게 해서 줄어든 인원만 800만 명이 살짝 넘는다. 전체 인구의 16% 정도가 줄어든 것이다.

불과 1년도 안 되는 사이에 수없이 나가자빠진 것이니 대한민국은 계속된 장례 행렬만 구경하고 있었던 셈이다.

이들의 공통점은 죽기 직전까지 산 채로 지옥을 처절하게 경험했다는 것이다. 이건 그간 지은 죄에 대한 대가이다.

동시에 부동산 가치 폭락과 엄청난 의료비를 지출하느라 보유 재산은 거의 전부 날아갔다. 아울러 배우자와 자식들은 사회적 기반을 모두 잃었다.

앞으로는 아무리 노력해도 재기 불능이다.

쓰레기가 가져온 돈으로 호의호식하면서 갑질이나 일삼던 것들이 계속해서 잘 먹고 잘사는 꼴을 절대로 두고 못 보는 도로시가 서슬 시퍼렇게 지켜보기 때문이다.

따라서 지금껏 본인 갑질에 상처받던 사람들의 눈치를 보면서 살아가게 된다. 안 그러면 입에 풀칠하기 힘들다.

이렇듯 개만도 못했던 쓰레기들은 모조리 쓰레기통에 처박혔다. 그러니 한국은 이제 사뭇 다른 국가가 될 것이다.

불의, 편파, 불공정, 부패, 음모, 뇌물, 협잡, 담합 등 모든 부정적인 것들은 사라지고, 정의롭고, 정직하며, 공정하고, 친절하며, 청정무구한 국가가 된다.

게다가 지나와 북한이 소멸되었다.

하여 모든 근심과 걱정을 잊고 편리함과 쾌적함을 즐기면서 이웃들과 오붓한 정을 나누며 오순도순 행복한 삶을 살 일만 남은 것이다.

그렇다 하여 욕심 사납고, 교활하기 이를 데 없으며, 겉과 속이 완전히 다른 일본이 있다는 것을 잊어서는 안 된다.

물론 현재에도 압도할 만한 군사력을 갖추고는 있지만 언제든 불의의 일격을 당하면 몹시 아플 수 있으니 늘 대비하는 마음을 가져야 할 것이다.

한편, 이실리프 왕국은 한국과 상황이 다르다.

도로시는 건국선포에 앞서 전 국민의 능력과 성향 등을 다시 한번 면밀히 파악하는 중이다.

이 과정에서 드라마 '사랑의 불시착'의 등장인물 중 인민무력부 보위국 소속 조철강 소좌나 군사부장 같은 범죄자 및 쓰레기들이 솎아지고 있다.

현수에 지시에 따른 처벌인지라 대부분 갑작스런 뇌사상태로 발견된다.

처음엔 목을 베려고 했다. 그런데 피 때문에 비린내가 심했고 여기저기 오염되었다. 하여 방법을 바꾼 것이다.

이런 증상을 보이는 변종 에이프릴 증후군은 이미 한국을 휩쓸었고, 수많은 죽음을 야기시킨 바 있다.

통제 불능인 최악의 전염병이다. 백약이 무효하고, 어느 누구도 죽음을 피하지 못한다.

그렇기에 발견되는 대로 장사 치르기 좋은 곳에 모아놓고 죽기를 기다리고 있다. 그러는 내내 부들부들 떨고 있는데 그 이유는 아무도 알지 못한다.

숨이 끊어지는 순간까지 무시무시한 지옥을 경험하고 있다고 말하면 아무도 믿지 않을 것이다. 뇌사상태인데 어찌 그러겠느냐는 반문만 할 뿐이다.

아무튼 '인사(人事)가 만사(萬事)'라는 말이 있다.

적절한 인재를 뽑아 적재적소에 배치하면 모든 일이 잘 풀리고, 순리대로 돌아가게 된다는 뜻이다.

왕국은 일체의 선거를 치르지 않는다.

한국으로 치면 국무총리부터 9급 공무원까지 모두 국왕이 직접 임명하기 때문이다.

그렇다하여 어중이떠중이를 뽑지는 않는다.

당연히 적절한 업무 능력을 갖추고 있어야 하고, 도덕성과 인간성까지 두루 살펴 결격사유가 없어야 한다.

그간의 체험을 통해 파악한 바에 의하면 이렇게 했을 때 가장 부작용이나 잡음이 없었다.

어쨌거나 이실리프 왕국은 국왕이 직접 다스린다.

2017년 현재 현수의 남은 수명은 2,038년이다. 평범한 인간들이 본다면 지긋지긋하게 오랜 세월일 것이다.

겉보기엔 스물다섯이고, 신분증 나이로는 서른두 살이지만 실제 연령은 2,962살이다.

그런데 이는 사실이 아니다.

이보다 적어도 천 살 이상 더 나이가 많다고 해야 옳다.

아르센 대륙 등 다른 차원에서 보낸 세월이 있고, 시간이 거의 멈춘 듯 느리게 흐르는 결계 안에 들어가 수련한 시절이 전혀 포함되어 있지 않기 때문이다.

이것까지 포함하면 현수의 진짜 나이는 4,088살이다.

신체는 소드 마스터와 그랜드 마스터를 넘어 슈퍼 마스터의 경지 중에서도 최상급에 도달해있다.

이보다 더 상위가 있는지는 아무도 모른다. 유사 이래 어떤 인간도 경험해보지 못한 지고무상한 경지이기 때문이다.

그렇다 하여 강철이나 티타늄보다 단단해서 온몸이 딱딱한 신체가 된 것은 아니다.

유능제강(柔能制剛)이라는 말이 있다. 부드러운 것이 능히 강한 것을 이긴다는 뜻으로 쓰인다.

그런데 이 글귀는 노자의 도덕경에서도 볼 수 있다. 그 내용을 잠시 살펴보면 아래와 같다.

어느 날 스승인 상종에게 노자가 이렇게 묻는다.

"스승님! 부드럽고 약한 것이 강하고 단단한 것을 이긴다는 말이 무슨 뜻인지요?"

이에 스승은 대답 대신 입을 벌렸다 다물었다를 반복하며 혀를 날름거리기만 할 뿐이었다.

잠시 후, 노자는 이 행동을 보고 큰 깨달음을 얻었다.

이빨은 몸에서 가장 단단한 부분이고, 혀는 가장 부드러운 부분이라 할 수 있다. 그리고 상종은 나이가 많아 이가 모두 빠진 상태였지만 부드러운 혀는 남아 있었다.

노자는 강한 것이 살아남는 것이 아니라 살아남은 것이 강하다는 깨달음이라도 얻은 모양이다.

어쨌거나 현수의 신체는 겉보기엔 다른 이들과 크게 다를 바 없다. 부드러운 부분도 있고, 제법 단단한 부위도 있다.

군살은 거의 없고, 체지방률은 약 7%이다.

겉보기엔 살짝 말라보이지만 벗겨놓고 보면 영화배우 이소룡보다 약간 더 근육이 두툼하다.

비율로 따지면 대략 1 : 1.2 정도이니 보디빌더처럼 우락부락한 근육질은 아니다. 다만 훨씬 더 섬세할 뿐이다.

한편, 이소룡의 근육은 인간의 것이지만, 현수의 그것은 차원이 다르다.

침팬지는 인간보다 체구가 작다. 그럼에도 인간보다 훨씬 센 힘을 발휘한다. 근육의 질이 다르기 때문이다.

현수는 그런 침팬지조차 비교 불가한 정도이다.

그렇기에 별 차이 없는 것 같이 보이지만 확실히 다르다.

예를 들어, 이소룡이 서전트 점프를 1m 정도 한다면 현수는 아무 준비 없다가도 100m 이상 뛰어오를 수 있다.

마나를 사용하면 1㎞ 정도는 아주 쉽게 뛰어오른다.

전력을 다했을 때 얼마나 높이 뛰어오를지는 해보지 않아서 모르지만 아마 10㎞ 이상은 될 것이다.

근육의 질김과 강도, 그리고 수준과 탄력 자체가 이미 인간의 한계를 까마득히 넘어선 결과이다.

이 정도면 인간의 육체라 할 수도 없을 정도이다.

아무튼 평범한 인간과 같이 눈, 코, 입, 귀가 있고, 심장, 폐, 간 등 오장육부가 있다는 것만 같을 뿐이다.

현수는 평생 몸 피곤할 일이 없다.

40kg짜리 군장을 메고, 6.85kg짜리 K3 경기관총과 200발 탄띠(3.15kg) 5개를 두른 상태로 마라톤 풀코스를 쉬지 않고 10번 완주해도 거뜬하다.

그리고 가만히 앉아 5분쯤 쉬면 원상으로 회복된다.

참고로, 마라톤 세계기록은 2014년 베를린마라톤 대회 수립된 케냐의 데니스 케메토 선수의 2시간 2분 57초이다.

그런데 현수는 연속 10회 마라톤 기록이 약 3시간이다.

군복에 군화, 그리고 군장과 개인화기, 탄띠까지 든 상태로 뛰었을 때의 기록이 그 정도이다.

맨몸일 때는 이보다 훨씬 기록이 단축된다.

42.195km의 10배인 421.95km를 뛴다면 1시간 이내에 주파한다. 전력을 다해 뛰면 시속 500km 정도이기 때문이다.

여기에 마법까지 동원되면 이보다 훨씬 빠를 것이다. 인간 탄환 정도가 아니라 인간 극초음속 미사일쯤 되겠다.

이런데 어찌 인간의 몸이라 할 수 있겠는가!

게다가 이 세상의 어떤 질병이나 독약으로도 목숨을 앗을 수 없다.

무협소설에 등장하는 만독불침, 한서불침, 호신강기, 금강불괴를 이미 진즉에 초월했기 때문이다.

누구나 꿈꾸지만 아무도 이루어내지 못했던 무병장수가 완전히 보장되어 있는 몸인 것이다.

그런데 깨달음까지 얻어 진정한 신의 반열에 오르게 되면 신체 능력과 수명이 무한대로 늘어난다.

아무튼 현수는 왕위를 오래 유지할 생각이다.

아주 오래전, 자손들에게 왕위를 넘겨주고 유유자적한 생활을 하던 때가 있다.

처음엔 괜찮더니 세월이 조금 흐르자 사회분란이 발생되었고, 반목과 질시, 음모와 모략이 횡행하는 세상이 되었다.

그럴 와중에 반란이 일어난 곳도 있었다.

아무리 똑똑해도 인간 본연의 욕심과 욕망, 그리고 본능이라는 것이 있기 때문에 빚어진 일이다.

하여 크게 꾸짖은 뒤 세상을 정화시켰던 적이 있다.

약 2,400년 전의 일이다.

당시 상당히 많은 인간쓰레기들이 청소되었다. 제국에선 이를 '황제의 분노'라 칭했다.

본보기로 보여야 한다는 신하들의 주청을 받아 주모자와 내통자, 가담자 등을 모조리 교수대에 매달았다.

그 수효가 2만 6,773명이었다.

제국의 넓은 평원에 인원수에 맞는 교수대를 설치했고, 마지막 점검으로 죄를 확인하곤 차례대로 목을 매달게 했다.

매달린 시신들은 저절로 썩어서 떨어지고도 12년간 교수대 곁을 떠나지 못했다. 까불다 걸리면 어떻게 되는지 보여주기 위해 그대로 남겨두게 했기 때문이다.

세월이 더 흐른 후 현수는 사형장 전체를 헬 파이어 마법으로 지졌다. 화력이 얼마나 강했는지 일대의 땅거죽 전체가 녹아내려 유리질 크레이터가 형성되었다.

현수는 이곳에 새로운 교도소를 건설토록 했다.

명칭은 '정화소(淨化所)'이다. 죄지은 몸과 마음을 깨끗이 정화시키는 장소라는 뜻이다.

새로 축조했으니 당연히 청결했다.

그런데 죄수들은 가기 싫어했다. 밤이면 귀신이 나온다는 소문이 돌았기 때문이다.

하여 이곳으로 수감 또는 이감이 결정된 죄수들은 극렬히 저항했다. 하지만 제국은 죄수의 사정을 봐주지 않는다.

'죄수의 인권은 보호할 가치가 없다.'

이것이 제국의 법률이다. 멋지지 않은가!

어쨌거나 정화소는 여전히 잘 유지되고 있을 것이다.

아무튼 권력에 누수가 생기면 구더기와 파리가 들끓을 수 있다. 그렇기에 당분간은 자식에게도 양위할 생각이 없다.

다만 어느 정도 성장하면 권력의 일부를 맡겨 지도자로서의 자질이 있는지 충분히 확인한 후라면 모를 일이다.

만일 후손들 전부가 적정수준에 이르지 못했다 싶으면 휴머노이드를 아바타로 내보낸다.

도로시가 있는 한 세상만사를 손바닥 들여다보듯 속속들이 파악할 수 있기에 가능한 일이다. 이는 영토가 아무리 넓어도, 인구가 아무리 많아도 상관없는 일이다.

아무튼 이실리프 왕국은 국왕이 계속 군림하니 매 5년마다 대선을 치르는 일 따위는 치러질 수 없다.

그리고 모든 신하들을 직접 임명하니 4년마다 총선 또는 지방선거를 실시하는 일 따위도 없다.

사실 국민투표의 결과는 항상 올바른 것이 아니다.

특히 특정 국가 국민은 선거철만 되면 상당수의 정신세계에서 정의, 정직, 공정, 공평 등의 어휘가 사라진다.

자식들이 살아갈 미래가 어찌 되건 말건 오로지 눈앞의 작은 이익에 매몰되거나, 본인도 어쩌면 부자가 될 수 있을 것이라는 막연한 망상 속에서 헤어나지 못하는 것이다.

얼마나 많은 인간들이 그랬는지 편하고 쉽게 갈 수 있는 좋은 길이 있었음에도 굳이 험한 길을 선택하곤 했다.

울퉁불퉁한 도로, 보는 것만으로도 아찔해지는 절벽, 한 번 디디면 헤어날 수 없을 것 같은 수렁과 늪이 있는 길을 택해서 여러 번 개고생을 한 바 있다.

이밖에 수백 개의 날카로운 쇠붙이가 박혀 있는 구렁텅이도 있고, 덫, 올무, 올가미, 부비트랩 등이 수두룩한 길을 선택해 놓고는 제 발등 제가 찍었다며 한탄하곤 했다.

잘못된 선택으로 인해 수많은 젊은이들이 시위에 나서야했고, 고문과 조작 등으로 여럿이 목숨을 잃거나 실종되었다.

이뿐만이 아니다.

자국민들을 향한 군인들의 총알 세례에 수백, 수천에 달하는 인명이 비명횡사했다.

그래놓고도 위정자들은 호의호식하고, 떵떵거리면서 온갖 갑질을 부렸다. 그리곤 후손들에게 막대한 재산을 남겨주려는 편법, 탈법, 위법행위를 서슴지 않았다.

이러는 가운에 권력에 기댄 쓰레기 같은 언론들이 창궐하였고, 수없이 많은 기레기와 기더기들을 양산해냈다.

참고로, 기레기는 '기자+쓰레기'이고, 기더기는 '기자+구더기'의 합성어이다.

기자의 탈을 쓴 구더기나 쓰레기를 일컫는 말이다.

조금 더 지나면 '구레기'라는 말도 나올 지경이다. 이는 본래 '기자+구더기+쓰레기'의 합성어이다.

그러다 기자 개념은 완전히 사라지고 구더기 같은 쓰레기가 되었다는 뜻에서 쓰는 말이다.

아무튼 돈 몇 푼에 양심을 팔아먹은 댓글로 여론을 조작했던 방구석 키보드워리어도 쓰레기긴 마찬가지이다.

하긴 고무신 한 켤레 받고는 좋다고 찍어선 안 될 후보에게 기표하는 상식 이하 유권자가 득실거렸었다.

고무신이라도 받은 놈은 그래도 핑계거리라도 된다. 그런데 어떤 병신들은 '우리가 남이가?'라는 말에 넘어갔다.

부모와 자식처럼 '혈연(血緣)으로 맺어진 가족이 아니면 모두가 남'이라는 걸 못 배워먹은 모양이다.

근친결혼은 법률로 막고 있다.

따라서 그놈의 집안은 아무도 시집, 장가를 가선 안 된다. 전부 남이 아니기 때문이다.

아울러 쓰레기 언론이 내뱉는 악의에 찬 거짓 선동에 속는 어리석은 자들도 수두룩한 국가이다.

이 대목에서 반드시 상기해야 할 말이 있다.

선거란 '덜 나쁜 놈을 골라 뽑는 행위'이다.

그놈이 그놈이라 생각해 투표를 포기하면 제일 나쁜 놈이 다 해 먹는다. 그 업보는 포기한 자에게 쌓인다.

거짓 선동으로 눈을 어둡게 하는 놈이 있다면 그놈이 가장 나쁜 놈이다. 그리고, 그에 속으면 바보천치이다.

그러니 사전에 어떤 놈이 제일 나쁜 놈인지 반드시 확인할 필요가 있다.

선택은 그를 뺀 나머지 중에서 골라야 한다.

명심할 것은 가장 나쁜 놈과 제일 나쁜 놈은 언제나 한통속이라는 것이다.

특정 국가 국민들은 반드시 이 가르침을 귀감(龜鑑)으로 삼고, 잊지 않도록 명심 또 명심해야 한다.

4,000년 이상 인간 세상에 존재한 현자(賢者)가 주는 금과옥조(金科玉條)이자, 금과옥률(金科玉律)이기 때문이다.

그래도 이실리프 왕국 국민들에겐 해당사항이 없다.

초등학교 1학년부터 대학교 졸업까지 누구나 최소 한 번 이상 반장 또는 회장이 되기 때문이다.

어려서부터 누구를 추천하고, 누군가를 뽑게 하는 제도는 편 가르기를 조장하는 일이 될 수도 있다.

잘 생기고, 못 생기고, 부잣집 자식, 가난한 집 자식, 공부를 잘하거나, 못하는 등으로 구분하는 것은 잘못된 일이다.

기준부터 달라져야 한다.

지도자가 되려면 반드시 갖춰야 할 소양과 덕목이 있다.

이를 구분하려면 누가 더 현명한지, 누가 더 전체를 생각하는지, 누가 더 미래 지향적인지, 누가 더 양심적인지, 누가 더 이타적인지를 종합적으로 평가하는 기준이 필요하다.

그런데 대통령 뽑는 것도 아니고, 겨우 초등학생, 또는 중학생을 대상으로 이런 걸 평가할 수 있겠는가!

그렇다 하여 대표자를 뽑지 않을 수는 없으니 모두가 돌아가면서 리더 경험을 갖게 한다.

누구나 평등하다는 것을 어려서부터 학습시키는 수단이 될 수 있고, 미처 발견하지 못했던 지도자 자질을 가진 원석을 발견할 수도 있으니 일석이조이다.

따라서 이실리프 왕국에선 선거, 경선, 입후보, 유세, 투표,

개표, 당선, 낙선 등의 어휘는 사용되지 않는다.

아울러 조작이 난무하여 쓰레기가 되어버린 여론조사 따위는 더더욱 필요치 않다.

도로시의 추천을 받아 현수가 임명하면 끝이다. 그렇게 하여 공직을 담당하더라도 그 자리가 영원한 것은 아니다.

만두소를 만들 때 사용하는데 고기와 함께 짓이겨 넣어야 먹기에 좋은 것이 있다. '숙주나물'이 바로 그것이다.

이것의 원래의 명칭은 녹두나물이었다.

조선 초, 세종대왕의 뒤를 이어 왕위에 오른 문종은 부왕이 총애하던 집현전 학사들을 불러들였다.

조선의 브레인이고, 미래를 이끌어갈 인재들이다.

문종은 자신의 삶이 얼마 남지 않았음을 알고 장남인 단종을 잘 보필해줄 것을 당부했다.

이에 모두가 그렇게 하겠노라고 맹세하였다.

그러다 수양대군이 조카인 단종을 몰아내고 왕위를 빼앗은 찬위(簒位)사건이 벌어졌다.

왕위를 잃은 단종은 노산군으로 강등되었고, 강원도 깊은 산골인 영월로 유배되었다.

그리곤 얼마 지나지 않아 17살의 어린 나이에 그곳에서 살해당했다. 조카를 죽이도록 한 것이다.

한편, 사육신이 된 성삼문, 이개, 박팽년, 하위지, 유성원, 유응부는 단종 복위를 도모하다 발각되어 처형당했다.

생육신인 김시습, 원호, 이맹전, 조려, 남효은, 성담수는 세조의 행위를 불의(不義)로 단정하였다.

그리곤 불사이군(不事二君)[7]의 원칙에 따라 벼슬을 버리고 두문(杜門)[8] 또는 방랑으로 일생을 보냈다.

영월 장릉(莊陵)에는 단종을 위해 목숨을 바친 충신 264인의 위패가 모셔져 있다.

그런데 '신숙주'는 이 명단에 없다.

변절하여 수양대군의 찬위사건에 가담했기 때문이다.

그 덕에 정난공신, 좌익공신, 익대공신, 좌리공신으로 네 번이나 공신에 책록되었다.

충심, 의리, 우정, 약속, 맹세 따위는 헌신짝처럼 내던지고 개인의 이득을 취한 셈이다.

조선의 기개 넘치는 백성들이 어찌 이를 좋게 보겠는가!

하여 만두소처럼 짓이겨지기를 바래 녹두나물을 숙주나물이라 바꿔 부르게 된 것이다.

참고로, 숙주나물은 쉽게 상하고, 조금만 방치해도 비린내가 난다. 변절자 신숙주와 많이 닮았다.

이실리프 왕국은 관리 또는 공직자를 임명할 때 다음 몇 가지를 맹세 받는다.

---

7) 불사이군(不事二君) : 두 임금을 섬기지 아니함
8) 두문(杜門) : 밖으로 출입을 아니 하려고 방문을 닫아 막음

— 왕국과 국왕께 절대 충성하겠는가?

— 국법을 어기겠는가?

— 부정한 행위를 할 것인가?

— 양심에 따라 행동하겠는가?

이실리프 왕국의 국법은 공직자에게 더욱 엄격하다.

공직자가 죄를 지으면 일반인보다 훨씬 강하게 처벌하도록 되어 있는 것이다.

그렇다 하여 모든 죄가 다 그런 건 아니다. 공직과 관련된 불법 또는 위법행위에 한하여 그러하다.

예를 들어, 교통사고를 내거나 개인적인 금품거래를 하다가 다툼이 발생하는 경우엔 일반 국민과 똑같은 잣대로 처벌받는다.

하지만 부정한 방법으로 공적인 일을 무마하는 등의 행위를 하다 적발되면 적어도 2~3배 더 가혹한 처벌을 받는다.

공직자들의 비행 또는 불법행위는 '숙주단' 이 적발해낸다.

참고로, 숙주단(叔舟團)은 대한민국으로 치면 공직자 범죄수사를 전담하는 부처이다. 변절의 대명사가 되어버린 신숙주의 이름에서 유래된 명칭이다.

국왕 직속이며, 도로시의 지휘를 받아 물적 증거를 확보하고, 체포하는 등의 임무를 수행한다.

대상은 최말단부터 국왕을 제외한 최고위직까지이다.

평상시엔 일반 부서에서 다른 공직자들과 마찬가지로 공무를 수행한다.

가장 가까운 곳에서 동태를 살피기 위함이다.

그러다 명령이 떨어지면 곧바로 출동하는 일종의 암행어사라 할 수 있겠다. 그렇게 한 번 출동하면 바로 다른 부처로 배치된다. 신분을 감추기 위함이다.

공직자 대우는 대한민국 공무원의 그것보다 훨씬 낫다.

국가발전과 국태민안을 위해 애쓰는 사람들이니 당연히 더 좋은 대우를 해주는 것이다.

하여 누구나 공직자가 되기를 원하지만 쉬운 일은 아니다. 시험을 봐서 자격증을 따는 일이 아니기 때문이다.

이렇게 하면 공부는 잘 했지만 인간성이 글러먹은 것들도 공직에 발을 들여놓을 수 있다. 아울러 정신상태에 문제 있는 것들도 거르지 못하게 된다.

하여 당장은 아니지만 어려서부터 인간 됨됨이를 살피고, 학업성취도와 충성심 등을 두루 살펴서 선발한다.

한마디로 실력과 인성, 업무 능력 등을 두루 갖춰야만 공직자가 될 수 있다.

로사와의 인터뷰는 실시간으로 전 세계로 송출되었고, 각국의 인터넷 게시판은 난리가 벌어졌다.

선플과 악플이 거의 반반이었는데 건국과 그 이후에 관한 각종 문제점을 짚어주는 의견도 상당히 많았다.

일단 '건국을 축하한다.' 또는 '무궁한 발전을 바란다.' 는 등의 선플이 많았다.

이런 글에는 일일이 '대단히 고맙습니다.', '관심 가져주셔서 감사합니다.' 등의 답글을 달아주었다.

미처 고려치 못한 의견도 많았는데 쓸 만하다 여겨진 것들은 참고자료로 수집했다.

채택될 의견을 작성한 사람에겐 건국선언 이후 기념으로 제작될 특별선물이 전해질 예정이다.

'이실리프 왕국의 건국휘장(建國徽章)'이라고 불리게 될 이것은 작은 보석이 박힌 뱃지(badge)이다.

크기는 가로세로 2㎝이고, 칠보공예품처럼 보인다.

이것의 전면엔 왕국 엠블럼(Emblem)이 그려져 있다.

마나의 상징인 세계수 가지와 마법사를 의미하는 스태프, 그리고 현수의 애검인 데이오의 징벌이 화려한 왕관을 둘러싸고 있는 형상이다.

참고로, 데이오의 징벌은 이실리프 황가의 징표이다.

9서클 궁극마법인 라이트닝 피니쉬먼트와 미티어 스트라이크 등 여러 마법이 인챈트 되어있다.

리니지라는 게임에는 '진명황의 집행검'이란 초레어 아이템이 있다. 한 서버 당 10개 미만만 존재하고, 집을 팔아야 살

수 있다 하여 '집판검' 이라고도 한다.

　이걸 열 번 강화해도 결코 데이오의 징벌과 같은 위력을 내지 못한다. 하긴 에고를 가져 명령만 내리면 무엇이든 베고, 쪼개고 작살낸 뒤 복귀하는 검이다.

　게다가 비행, 은신, 투명화, 블링크, 워프, 증폭 등 다양한 마법을 자의적으로 구현시킨다.

　절대 무뎌지지 않으며, 파괴되지 않는 궁극의 무기이다.

　그렇기에 에이션트급 드래곤 또는 9서클 리치라 하더라도 이 검의 목표가 되면 반드시 제거된다.

　원래는 척사(斥邪)의 목적으로 전쟁의 신 데이오가 사용하던 것이다. 신급 병기가 아니라 신의 병기였던 것이다.

　그렇기에 검이 풍기는 살벌한 위압감을 느끼게 되면 저절로 심신이 위축되어 벌벌 떨게 된다.

　데이오의 징벌은 현재 현수의 아공간에 보관되어 있다.

Chapter 13
—
이실리프 왕국 건국휘장

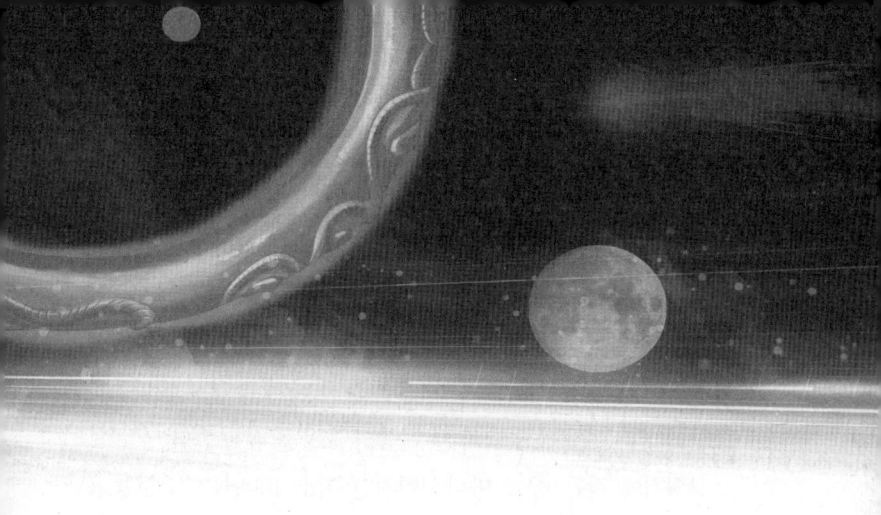

아무튼 엠블럼의 중심에 위치한 보석 박힌 왕관은 국왕이 직접 통치함을 직관적으로 느끼게 한다.

아래엔 건국휘장을 받을 사람이 사용하는 문자로 '이실리프 왕국'이라 쓰여 있다. 예를 들어, 영국인이 받게 되면 'Kingdom of Yisilipe'라고 쓰여 있는 것을 받게 된다.

이것의 뒤쪽엔 특별한 마법진이 있다.

인체의 면역력을 대폭 향상시켜주는 임플로빙 이뮤너티 (Improving immunity)가 그것이다.

이것이 활성화되면 감기, 독감, 코로나, 사스, 대상포진, 간염, 폐렴, 천연두, 소아마비, 홍역, 볼거리, 풍진 등 일체의 질환으로부터 완전히 자유롭게 된다.

이 마법진엔 자체 투명화마법이 적용되어 있기에 사람들의 눈에는 보이지 않는다.

전면 엠블럼 왕관에 박힌 작은 보석은 인조 마나석이다. 크기는 작지만 중급이라 함유하고 있는 마나가 상당히 많다.

알다시피 이실리프 학파는 최상의 효율을 추구한다.

그렇기에 작은 중급 마나석이지만 최소 100년은 그 효능을 생생하게 유지케 할 것이다.

이는 좋은 의견을 준 이들에게 내리는 포상이다.

한편, 정도가 심한 악플들도 빠짐없이 수집된다.

기준은 도로시가 정했고, 심성 곱지 못한 인간들에겐 그에 합당한 대응이 필요하다 판단해서이다.

이렇게 해서 블랙리스트에 올라간 인물은 향후 왕국으로의 입국이 번번이 차단된다.

아울러 단 한 번도 왕국이 베푸는 시혜대상으로 선정되지 못한다. 그때마다 운이 없거나 재수 없다고 느끼겠지만 원래 베푼 대로 거두는 법이다. 종두득두(種豆得豆), 인과응보(因果應報), 사필귀정(事必歸正)인 셈이다.

한편, 인터뷰가 진행되는 동안 또 한번 현수가 입고 있는 의복과 신발, 시계와 선글라스의 브랜드가 알려졌다.

덕분에 르까프, 블랙야크, 로만손, 휠라 코리아, 그리고 라피스 센시블레는 졸지에 세계적인 브랜드가 되었다.

세계 최고의 부자이자 천재이니 평범한 제품을 사용치 않을 것이라는 선입견 때문이다.

이래서 메이커들이 특급모델을 쓰려고 애쓰는 것 같다.

이전의 노출로 이미 고급 브랜드가 된 해리엇과 지오다노, 그리고 프로스펙스의 대표들은 경쟁상대의 출연이 마뜩잖았다. 하지만 이내 고개를 흔들어 상념을 털어낸다.

현재 모든 공장을 풀가동해도 밀려드는 주문을 도저히 감당할 수 없는 상황에 처해 있기 때문이다.

아무튼 르까프와 블랙야크, 로만손, 휠라 코리아, 그리고 라피스 센시블레는 뜬금없는 대목을 맞고 있다.

문제는 대한민국 전체가 봉쇄되어 있다는 것이다. 모든 인적, 물적 교류가 완전히 막혀있는 상태이다.

무시무시한 에이프릴 증후군을 차단시키기 위함이다. 하여 현재는 주문을 해도 배송해줄 방법이 없다.

예전 같으면 돈을 지불하는 즉시 보내줬겠지만 지금은 모든 선박과 비행기가 멈춰있다.

외국으로 향하는 철도는 아예 없다. 하여 대한민국은 고립무원인 외딴섬이 되어버렸다.

현재는 어느 누구도 입국하려 하지 않고, 출국은 금지되어 있다. 다만 콩고민주공화국이나 아제르바이잔과 같이 상대국에서 입국과 출국을 허용하는 경우만 예외이다.

두 나라 이외에 우크라이나와 벨라루스, 그리고 러시아로도 전세기가 뜬다. 정기노선이 멈춰서 현재는 천지건설 임직원만 이 혜택을 받고 있다.

이를 알게 된 각국 대사관에서는 출장길에 외교행낭을 전달해줄 것을 요청하고 있다.

요즘은 수시로 외교행낭을 수발할 수 있는 정상적인 상황이 전혀 아니다.

하여 법률로 정해진 가로, 세로, 높이가 각각 162.5㎝, 200㎝, 153.5㎝인 특수 컨테이너(LD3)를 꽉꽉 채워온다.

몰아서 보내고, 몰아서 받겠다는 의도이다.

문제는 대한민국이 188개국과 수교하고 있다는 것이다. 하여 전세기가 뜰 때마다 LD3가 188개씩 밀려든다.

일단 킨샤사에 소재한 은질리국제공항 등에 당도하면 거기서부터는 알아서 가져간다고 한다.

그리고 컨테이너에 붙인 봉인만 손상되지 않으면 어떠한 책임도 묻지 않겠다고 한다.

여기까지는 좋다. 그런데 컨테이너를 차곡차곡 쌓았을 때의 부피가 약 970㎥이다. 그리고 결코 가볍지 않다.

미치고 환장할 노릇이다.

전세기의 본래 목적은 콩고민주공화국 등으로 천지건설 임직원들을 실어 나르는 것이다.

그런데 한번 들어가면 꽤 오랜 기간 동안 머물러야 하므로 개인의 짐이 상당히 많다.

알다시피 모든 면에서 한국보다 뒤떨어지기에 진짜 별의별 것까지 다 가져가야 하기 때문이다. 그중엔 손톱깎이와 전기모기채, 모기장, 이태리타월 등도 포함되어 있다.

게다가 업무상 현지에서 필요로 하는 각종 기자재 등도 최대한 실어야 한다. 임직원들을 위한 각종 식음료와 기호식품 포함이다.

언제, 어디서, 왜, 무엇이, 얼마나 필요할지 전혀 가늠되지 않으니 일단 업무에 사용되는 것들을 최대한 챙긴다.

고장, 파손 등을 대비하여야 하므로 소모품뿐만 아니라 부품과 여벌 제품, 그리고 수리공구까지 가져간다.

홍수와 정전(停電) 등 불시의 상황을 고려한 여러 가지 공구들과 기구 등도 가져가야 하는 것은 덤이다.

이것만으로도 화물칸이 꽉 차서 기내 선반도 모두 채운다. 그런데 각국에서 외교행낭 운반을 의뢰했다.

천지건설은 배송업체가 아니므로 비용을 청구할 수도 없다. 하여 정중히 거절했더니 정부에서 협조를 당부한다.

미치고 팔짝 뛸 일이다. 그래도 어쩌겠는가!

현재로선 외교행낭을 외국으로 반출할 수 있는 유일한 방법이다. 하여 각국 대사관에서는 전세기를 놓치지 않으려 선물 공세까지 펼치고 있다. 전에 없던 일이다.

천지건설 홍보팀에는 여러 나라에서 보내준 각종 선물들을 전시하는 룸을 꾸며야 했다. 식·음료야 그냥 소모해도 되지만 민속공예품 등은 그냥 버릴 수 없다.

더구나 언제, 어떤 나라에서, 어떤 공사를, 어떻게 수행할지 알 수 없으니 일단은 협조하는 것이다.

어쨌거나 현수가 착용한 것들을 갖고 싶다. 그런데 현재는 불가능하다. 이렇게 되면 더더욱 욕심이 난다.

인간들은 손만 대면 꺾을 수 있는 장미보다 손이 닿지 않는 절벽에 핀 야생화를 더 가지려는 이상한 족속이다.

채워지지 않는 욕구를 채우려는 본연의 욕망 때문이다.

그렇기에 일단 지르고 본다. 상품을 언제 받을지 알 수는 없지만 주문부터 하는 것이다.

이러는 덕분에 르까프 등이 세계적인 브랜드로 발돋움하고 있는 상황이다.

이미 고급 브랜드로 평가된 해리엇과 지오다노, 그리고 프로스펙스에서도 주문을 받고 있다.

물론 인터넷 쇼핑몰 한정이다.

각국 무역회사 등으로부터 발송된 수출의뢰서는 팩시밀리로 받아서 차곡차곡 쌓아두고 있다.

온라인 주문을 받아 계약이 체결되면 재고가 있는 물품은 바로 포장하고, 이를 영상으로 전송해준다.

현재 배송 대기 상태이며, 봉쇄만 풀리면 즉시 발송될 것임을 고지(告知)하는 것이다.

현재 품절인 상품은 생산예정일이라도 알려준다. 해외 고객들은 이런 사소한 배려에 감동하고 있다.

한국은 원래 치안이 좋기로 유명했다. 그래서 기회가 닿으면 여행 오겠다는 사람들이 많았다.

여기에 감동 서비스까지 더해지자 출입국이 가능해지면 무조건 오겠다는 사람들이 점점 더 늘어나는 중이다.

한편, 지나의 멸망과 대한민국의 봉쇄는 전 세계에 엄청난 영향을 끼쳤다.

세계의 공장이라 불리던 지나가 엄청난 홍수로 궤멸적 피해를 입으면서 글로벌 공급망에 적신호가 켜졌다.

여기에 디스플레이와 반도체, 그리고 자동차 등 첨단산업 강국인 한국에서의 수출까지 멈췄다.

덕분에 세계 곳곳의 수많은 공장들이 큰 어려움을 겪는 중이다. 원료와 부품 등을 수급할 수 없기 때문이다.

하여 경제정책과 무관한 인플레이션이 시작되었다.

원자재와 부품 부족 등으로 제품생산이 어려워지자 수요를 충당하지 못하자 가격이 치솟기 시작한 것이다.

특히 한국의 반도체 수급이 멈추자 자동차 및 가전 업계 등에 비상이 걸렸다.

자동차 한 대에는 400~700개의 반도체가 필요하다.

여기에 자율주행까지 더해지면 대당 2,000여 개의 반도체가 있어야 한다.

아울러 휴대폰, 컴퓨터, TV, 냉장고, 세탁기, 심지어 전기밥
솥에도 반도체는 필수불가결한 부품이다.

이밖에 상당히 많은 분야에서 반도체가 사용되고 있다.

그런데 이를 해결해줄 한국의 봉쇄는 언제 풀릴지 모르고
대만의 TSMC는 완전히 멈춘 상태이다.

반도체 대란이 시작된 것이다. 덕분에 신차계약을 해도 언
제 인도받을지 알 수 없는 상황이 되었다.

그렇다 하여 자동차를 타지 않을 수는 없다. 하여 중고차
가격이 급등하는 이상 현상이 발생되고 있다.

심지어 6개월~1년 정도 운행한 차량이 신차와 같거나 더
비싸게 거래되기도 한다.

어쨌거나 대한민국은 꼭 방문하고 싶은 나라였다. 그런데
관광뿐 아니라 또 하나의 방문 목적이 추가된다.

르까프, 프로스펙스, 휠라, 지오다노, 블랙야크, 해리엇, 로
만손, 라피스 센시블레를 구입하기 위함이다.

이외에도 라파엘 웨딩과 라라힐 드레스도 꼭 한 번 방문해
봐야 할 숍으로 유명해지고 있다.

아직은 에르메스나 샤넬 같이 비싸지 않다. 그러니 상대적
으로 저렴할 때 왕창 쇼핑해야 할 품목이 된 것이다.

모두 현수 덕분이고 조만간 대목이 예상된다.

이런 호재에도 입술 삐죽이며 악플을 다는 것들이 있었을

것이다. 그런데 현재는 찾아보기가 힘들다.

비틀리거나 삐뚤어진 심성을 가진 것들 대부분이 이미 철퇴에 맞았거나, 숨어 지내야 하는 상황이 된 때문이다.

예전 같으면 아무 소리나 지껄여 사람들이 이목을 끌었다.

악명(惡名)이라도 일단 널리 알려지면 조회 수가 올라가고, 그게 돈이 되었기 때문이다.

지금 그랬다가는 수사 실력이 일취월장한 네티즌에 의해 완전히 까발려진다. 먼저 사죄하지 않으면 그냥 끝이다.

직장을 잃는 것은 애교에 속한다. 어쩌면 결혼생활까지 쫑날 수 있다. 사회 분위기가 많이 달라진 것이다.

인터뷰를 마친 현수는 저택으로 돌아왔다.

지윤, 밀라, 올리비아, 이화는 바닷가로 산책을 나갔다는 보고를 받았다.

하긴 일기 쾌청하고 바람 솔솔 부니 거닐기에 아주 좋은 날씨이다. 이런 날 안 하면 언제 산책을 하겠는가!

"어머…! 오셨어요?"

러시아에서 파견한 공사급 외교관이자 수행비서 겸 정부연락관인 아델리나 다닐로바는 연초록 비키니 위에 하늘하늘한 쉬폰 블라우스만 걸친 채 막 나서려던 참이다.

흰색 비치 샌들의 끈을 여미고 막 일어서려던 찰나에 현수와 맞닥뜨린 것이다.

덕분에 어떤 몸매인지 확 드러난다. 가슴은 풍만하고, 허리는 잘록하다. 둔부는 설명 생략이다.

"어디 가게?"

주민등록상 나이가 여덟 살 연하라 말을 놓기로 했었다.

"네! 바닷가 산책을 하고 싶어서요."

"그런데 혼자 가? 다들 어디가고?"

"아! 언니들은 조금 전에 먼저 나갔어요."

"그래? 근데 왜 같이 안 갔어?"

"제가 화장실을 다녀오느라…. 아! 똥을 싼 건 아니에요. 샤, 샤워를 했어요."

몹시 당황한 듯 말까지 더듬는다.

이 저택의 모든 화장실은 한국식으로 개조되었다.

그래서 Toilet이라는 팻말이 붙어있기는 하지만 대·소변을 볼 수 있을 뿐만 아니라 샤워도 할 수 있다.

별도 Bathroom도 있는데 여기엔 대형 욕조와 7~8명이 들어갈 수 있는 건식사우나 시설이 있다.

물론 이곳에서도 샤워 가능하다.

한편, 아델리나가 살던 집은 용변 보는 곳과 샤워실이 분리되어 있다. 그러니 화장실을 갔다고 하면 용변을 보았다는 의미가 된다.

아무튼 이곳엔 화장실에 샤워부스도 있다.

하여 무심코 화장실에 다녀왔다고 이야기하곤 화들짝 당황한 것이다. 혹시라도 현수가 오해했을까 싶어서이다.

"그랬어?"

"네에! 진짜 샤워만 했어요."

아델리나는 살짝 덜 마른 머리카락을 내보인다.

"그래! 누가 뭐래? 흐흐흐!"

일부러 음흉한 웃음소리를 내자 아델리나의 얼굴이 이내 빨개진다. 팬티 내리고 용변 본 생각을 하는 모양이다.

"지, 진짜란 말이에요. 똥은 아까 아침에 쌌어요."

대화 내용이 조금 이상해졌다.

"그래! 믿을게. 산책 간다며? 아무튼 같이 가자."

"네에?"

아델리나의 사슴 같은 눈망울이 대번에 커진다. 전혀 상상치 못했던 일이기 때문이다.

이곳으로 파견 오기 전 푸틴은 아델리나를 불러 신신당부를 한 바 있다. 물론 직접적인 표현은 아니다.

그럼에도 어찌 모르겠는가!

모스크바 국립대학 경영학과 출신인 재원이다.

푸틴은 너무 남세스러워 빙빙 돌려서 말했지만 아델리나는 그 의도를 확실하게 파악했다. 몸을 바쳐서라도 하인스 킴의 신임을 얻고 나라를 위해 일해 달라는 뜻이었다.

미모와 몸매, 그리고 두뇌 등에 자신이 있던 아델리나는 그리 어렵지 않은 일이라 생각하고 왔다.

그런데 와서 보니 경쟁자들이 너무나 쟁쟁하다.

같은 서양인인 밀리와 올리비아도 버겁다. 다들 본인 못지 않은 스펙의 소유자이기 때문이다.

동갑인 설이화는 미모와 몸매는 기본이고, 천재급 두뇌까지 가졌다. 게다가 김지윤은 또 어떤가!

이미 왕비로 간택되어서 그런지 절로 주눅 들게 한다. 내명부 수장 확정이니 현수 못지않게 잘 보여야 할 대상이다.

미모와 몸매도 상당한데 학식은 본인보다 더하면 더했지 결코 덜하지 않다고 한다.

게다가 세계적인 건설사가 된 천지건설 부장이다.

아델리나의 부모는 둘 다 대학병원 의사이다.

그런데 이들 둘의 월급을 합쳐도 김지윤이 받는 급여의 10분의 1도 되지 못한다.

뿐만이 아니다.

현수는 바하마 출국 전에 지윤에게 준 통장이 있다.

잔액 100억 원짜리이다.

용도를 물었더니 출국 전에 속옷 등을 사다달라고 하면서 무엇이든 필요한 게 있으면 사라는 뜻으로 준 것이다.

그런데 팬티, 셔츠, 양말, 운동화 등을 얼마나 많이 사야 100억 원을 쓸 수 있을까?

하여 95억 원은 정기예금에, 4억 원은 CMA계좌에 넣었다. 나머지 1억 원만 보통예금 통장에 남긴 것이다. 보통예금은 금리가 너무 낮아서이다.

정기예금의 금리는 연 1.7%이고, CMA는 연 0.7%이다.

둘을 합치면 1년에 약 1억 3,900만 원의 이자 및 수익금이 발생된다. 이자소득세 등을 공제한 금액이다.

아무튼 하루에 약 38만 원씩 수익이 발생한다.

그런데 일반예금 계좌에 돈을 넣어두는 것은 은행만 좋은 일 해주는 것이다. 시중은행 전부가 현수의 소유라는 걸 인식하지 못해서이다.

어쨌거나 출장 전에 현수의 의복, 신발, 속옷, 시계 등을 구입했다. 그 지출이 대략 200만 원이다.

지윤도 비키니와 래쉬가드, 생리대 등 필요 용품들을 구입했다. 이는 모두 본인 돈으로 지불했다.

아직은 현수의 돈을 쓰는 것이 어색한 때문이다.

천지건설 부장으로 승진하면서 연봉이 대폭 상향되었다.

그런데 돈 쓸데가 없다. 하여 잔고가 계속 늘어나고 있으니 개인 돈을 쓴 것이다. 그늘막 담당인 헤스티아 노울스를 위한 선물도 개인 돈으로 샀다.

각종 미백 제품과 밀크로션, 에센스, 트윈 케이크, 메이크업 베이스, 아이크림, 비비크림, 롱래쉬 마스카라 등이다.

아델리나는 우연한 기회에 지윤이 작성하는 가계부를 보았고, 그때 통장 잔고를 알게 되었다.

러시아 직장인 평균임금은 월 3만 8,590루블이다. 한화로 약 61만 7,440원이다.

러시아의 최저임금은 이보다 훨씬 낮다.

2016년 5월, 러시아는 한참 시끄러웠다. 최저임금을 7월부터 월 7,500루블로 인상한다는 것 때문이다.

한화로는 12만 원 정도인데 이게 20%를 인상한 금액이다. 전에는 한 달 벌이가 겨우 10만 원 정도였다는 뜻이다.

그런데 잔액이 약 99억 9,800만 원인 가계부를 보았다. 어찌 눈 돌아가지 않겠는가!

아델리나는 김지윤의 개인 돈인 것으로 알고 있다. 의사를 부모로 뒀지만 완전히 주눅이 들 일이다.

하여 김지윤은 경쟁상대가 아니라 생각한다. 하긴 이미 확정된 왕비이니 당연하기는 하다.

아무튼 현수가 산책을 같이 가자고 한다.

"왜? 나랑 가기 싫어?"

"아, 아뇨! 조, 좋아요. 가요."

단둘이 있어본 적이 한 번도 없었는데 이를 어찌 거절하겠는가! 하여 얼른 팔짱을 끼운다.

뭉클한 가슴이 현수의 팔꿈치에 닿자 슬쩍 얼굴을 본다.

사내들이 환장하는 느낌이라고 해서 수십 번이나 연습을 했는데 잘못되었는지 반응이 없다.

"다들 어느 쪽으로 갔는지 알아?"

"아, 아뇨."

아델리나는 얼른 시선을 바꾼다.

그제야 시원한 바다가 보인다. 러시아에서는 한 번도 못 본 푸른 바다가 끝도 없이 펼쳐져 있다.

"흐음! 그럼 이쪽으로 가보자."

"네에."

현수는 아델리나의 보폭에 맞춰 천천히 걸었다.

산들산들 불어오는 바람 저쪽에서 누군가 사진을 찍고 있지만 개의치 않았다.

'저거 지울까요?'

도로시의 음성이다.

'냅둬. 푸틴이 봐야 하니까.'

'네에.'

도로시와 대화를 마친 현수는 아델리나에게 묻는다,

"뭐 불편한 건 없어?"

"네, 다들 잘해주셔서 괜찮아요."

"뭐든 불편하면 이야기해. 괜히 꿍해 있지 말고. 아델리나는 러시아 정부가 파견한 외교관 겸 정부연락관이니까."

"네에, 그럴게요. 대표님도 제게 불편한 거 있거나 마음에 안 드는 게 있으시면 언제든 말씀해주세요."

"물론이야. 근데 그런 거 없을 거 같아."

"왜요?"

"우리 아델리나는 착하고 예쁘니까."

푸틴이 어떤 목적으로 보냈는지 뻔히 짐작된다.

러시아 정보국은 우크라이나와 벨라루스가 밀리와 올리비아를 파견한 이유를 파악했을 것이다.

명목은 외교관이며, 수행비서 겸 정부연락관이다. 그런데 속내를 들여다보면 일종의 혈연을 요구한 것이다.

푸틴이 어찌 가만히 있겠는가!

하여 이리냐 파블로비치 체홉에 대한 조사를 했다. 밀라보다 먼저 만났고, 현수가 저택을 선사했기 때문이다.

거미줄 그득하던 저택은 화려한 궁전으로 변모하였다. 한국에서 온 기술자들이 달라붙자 상전벽해된 것이다.

이리냐는 푸틴이 보기에도 상당한 미인이다. 하여 러시아 대표선수로 파견하려고 하였다.

그런데 과거가 문제이다. 체면이 있지 어찌 몸을 팔던 여인을 선수로 보내겠는가!

하여 부랴부랴 수소문했다. 그리곤 고르고 또 골랐다.

무결점 원두 중에서도 모양 예쁘고, 향이 좋으며, 흐트러지지 않은 것을 고르는 심정이다.

최종적으로 아델리나가 낙점되었다.

현수는 푸틴의 심성을 안다. 외적으로는 냉혈한으로 보인다. 그런데 은근 츤데레 같은 구석이 있다.

이번 러시아 대표선수는 딸을 시집보내는 아비의 마음으로 보낸 듯하다. 그렇지 않았다면 아델리나를 양녀로 삼지 않았을 것이다.

뭐든 트집 잡아 거부해도 딱히 뭐라 하지는 않겠지만 속내는 시끄러울 것이다. 고르고 골라서 보냈는데 대번에 탈락했다면 기분 좋을 리 없기 때문이다.

도로시는 아델리나의 모든 것을 샅샅이 뒤졌다. 자질을 검증한 것이다. 그리고 사흘 전에 보고 받았다.

'폐하! 아델리나 다닐로바 님에 관한 보고 드려요.'

일단 '님' 자가 붙었으니 결과는 짐작된다.

'그래? 그럼 시작해.'

'아델리나 다닐로바 님은 신장 168㎝, 체중 52.8㎏….'

'잠깐…, 잠깐만!'

'네? 왜요?'

'방금 보고는 다 아는 거야. 그러니 다른 건 다 필요 없고 100점 만점에 몇 점인지만 보고해.'

'점수로만요?'

'그래!'

'알겠어요. 제가 평가한 점수는요…, 95점이에요.'

'뭐? 왜 95점이야?'

피부와 머릿결이 약간 거친 것, 살짝 긴장하고 있고, 피로가 쌓인 듯한 걸 빼면 뭐하나 흠 잡힐 만한 구석이 없다.

현수의 배우자 후보 누구나에게 지급되는 E―GR은 문제 있는 유전자를 교정하고, 각종 불균형을 바로잡는다.

아울러 이상이 발생된 신체를 원상으로 회복시켜준다. 모든 병을 완치시켜주는 건 기본이다.

참으로 대단한 물질인 것만은 분명하다.

그럼에도 멍청한 두뇌를 천재로 바꿔주지 못하고, 추녀를 절세미녀로 바꿔주지 못한다. 아울러 간악하거나 사나운 성품을 비단결처럼 곱고, 상냥하게 만들어주는 재주는 없다.

도로시는 E—GR로도 다스려지지 않는 것들을 살펴보았을 것이다. 그런데 5점이 빠진다고 한다. 그게 뭔가 싶다.

'왜 95점이냐구요?'

'그래.'

'그야 별다른 오점이 없어서요.'

'별다른 오점이 없는데, 왜…? 아! 장난할래?'

'헤헤! 헤헤헤!'

별다른 5점이 없어서 95점이면 100점이라는 뜻이다.

95 + 5 = 100이기 때문이다. 다시 말해 왕후 후보로서 부족한 점이 전혀 없다는 뜻이다.

푸틴이 보냈고, 도로시는 결격사유가 없다고 한다.

이럼에도 굳이 거부해서 누군가의 마음을 불편하게 할 하등의 이유가 없다. 그렇다면 친해지려는 노력을 해야 한다. 하여 낯간지러운 소리를 한 것이다.

"……!"

아델리나는 볼이 상기됨을 느끼는지 제 얼굴을 만져본다.

"내가 푸틴 대통령이랑 각별한 거 알지?"

"네, 말씀하셨어요. 정말 좋은 아우라고요."

"좋은 아우? 나를…?"

"네! 그러니 뭐든 뜻에 따르라고 말씀하셨어요."

"뭐든? 정말 뭐든 따를 거야?"

"네에."

아델리나는 살짝 고개를 숙인다.

방금 한 말은 현수가 잠자리를 원해도 절대 거부하지 않겠다는 뜻이기 때문이다. 경험 없는 처녀이긴 하지만 알 건 다 안다. 그렇기에 몹시 부끄러웠던 것이다.

"그래? 그럼 나 좀 업어줘."

"네에?"

사슴 같은 눈망울이 대번에 커진다. 사내가 여인을 업어주는 경우는 봤어도 반대는 본 적 없기 때문이다.

"뭐든 따른다며?"

"네에? 아! 네에."

아델리나는 얼른 등을 댄다. 진짜로 업으려는 모양이다. 그런데 어찌 업히겠는가!

"하하! 농담이야. 농담!"

"……!"

아델리나 다닐로바는 방금 '무심코 던진 돌에 개구리가 맞아 죽는다.'는 게 뭔 뜻인지 깨달았다.

하지만 토라지거나 기분 상해하진 않았다. 대신 살짝 애교를 부려본다. 어제, 한국 드라마를 보고 배운 것이다.

"치이! 방금 저 놀리신 거예요?"

"하하! 미안."

"정말 미안하신 거면 절 업어주세요."

이번엔 현수가 아무런 말도 하지 못했다. 그런데 표정을 보아하니 진짜 업어줘야 할 모양이다.

"히잉~! 새 신발이라 작아서 발이 아프단 말이에요."

어디서 많이 들어본 소리이다.

진짜 사나이 여군 특집 때 모 걸그룹 멤버가 냈던 소리와 매우 흡사하다. 참고로, 이것만으로 그 멤버는 떡상했다.

그런데 아델리나는 어리광부리듯 어깨까지 좌우로 흔든다. 그러자 함께 움직이는 뭔가가 있다.

하지만 그게 뭔지는 말할 수 없다.

『전능의 팔찌』 2부 25권에 계속…